樂讀456 093

神奇柑仔店13

合身花生與神祕實驗

文 廣嶋玲子 圖 jyajya 譯 王蘊潔

目錄

錢天堂
彈珠汽水
零食
蘋果糖
分身泡泡糖
分身泡泡糖

序章

身穿白袍的人陸陸續續走進小房間，其中有些人的手上拿著很沉重的袋子。

這些人把袋子放在房間正中央的桌子上，每當袋子放到桌上，就會聽到沉重的金屬聲。

不一會兒，一位有點年紀的男人從房間深處站了起來。他溫文儒雅、風度翩翩，完全符合「紳士」這兩個字給人的印象，只不過

他全身散發出狡詐的感覺，從他不經意的眼神和動作中，可以感受到他的冷酷。

這位將一頭灰髮梳理得整整齊齊的男人，對眾人開口說話。

「全都在這裡了嗎？」

「是的，六條教授。」

「真是費了九牛二虎之力。」

「是啊，沒想到去各家神社和寺廟，用紙鈔換這些功德箱裡的香油錢會這麼麻煩，有些神社甚至說那些香油錢中凝聚了參拜香客的心願，堅持不肯交換。」

「而且這堆零錢超重，一路搬過來，害我都腰痠背痛了。」

「咳咳。」六條教授清了清嗓子，其他人立刻閉上嘴。室內安靜下來，六條教授緩緩開了口：

「總之，現在已經蒐集到零錢，從一元到五百元硬幣應有盡有，而且是不同年分製造的，其中可能會有通往『錢天堂』的鑰匙。各位，現在就把所有零錢放進這個機器吧。」

六條教授指著身後那個巨大的長方形機器。

「這是什麼機器？」

「這是我製造的機器，只要把硬幣放進去，機器就會自動隨機分配，而且事先設定了金額不同、年分相同的硬幣不會分在同一組。你們把這臺機器分好的硬幣全帶回家，如果家人有重大的煩惱或心願，可以把硬幣交給他們，請他們協助研究。也許可以做一些輕巧的小袋子，讓孩子能夠隨時帶在身上。除此以外，還要徵求一些神祕客，如果有人找到了『錢天堂』……你們應該知道接下來該怎麼做吧？」

「是！」

「嘩啦嘩啦嘩啦嘩啦，嘎啦嘎啦嘎啦嘎啦……」房間裡響起了零錢倒進機器的聲音。

1 熱帶燒

五歲的香步很愛吃水果，熱帶水果她更是喜愛得不得了。自從去沖繩旅行吃過百香果和芒果之後，她就澈底愛上了。

香步忍不住想，如果可以在家中院子種植這些水果，不知道該有多好。

她的夢想就是在院子裡種香蕉和芒果，每棵樹上結實纍纍，想吃的時候只要隨手一摘就有，即使開懷大吃也永遠吃不完。

但是，她把芒果的種子埋進土裡卻完全沒發芽。她問了媽媽，媽媽忍不住笑了起來。

「香步，你太異想天開了。芒果是南方的水果，沒辦法在這裡長大。」

「那香蕉呢？鳳梨呢？」

「這兩種水果也是南方的熱帶水果，要在熱帶地區才能長大。」

「那我們就搬去南方啊。」

「別說傻話了，我們怎麼可能為了水果搬家？」

「唉唉唉。」

香步很失望，「我真的好希望有一個種滿水果的院子。」

香步牽著媽媽的手從幼兒園走回家，一路上都悶悶不樂。

這時，有人呼喚了她的名字：

「咦？香步？」

抬頭一看，原來是親戚琉璃子阿姨。她和媽媽年紀相同，聽說在某家研究所上班。琉璃子阿姨風趣幽默又健談，香步很喜歡她。

但是，香步今天看到琉璃子阿姨卻高興不起來。看到香步垂頭喪氣的模樣，琉璃子忍不住納悶的問：

「咦？怎麼了？身體不舒服嗎？」

「琉璃子，不好意思，這孩子在鬧脾氣。」

「鬧脾氣？」

「對，她說想種熱帶水果，這樣就可以開懷大吃，還說要為了這個原因搬去南方。」

「原來是這樣，我知道香步向來最愛吃水果了。意思就是……你有一個迫切想要實現的願望。」

琉璃子阿姨突然露出嚴肅的表情，從皮包裡拿出一個小袋子。那個小袋子上頭有白色和灰色的格子圖案，看起來鼓鼓的。

琉璃子阿姨把袋子遞到香步面前，說：

「這個給你。袋子雖然有點重，但你願意出門時把它帶在身上嗎？這樣也許有辦法實現你的願望喔。」

香步接過小袋子後大吃一驚。那個袋子差不多像柿子一樣大，但是拿在手上沉甸甸的，還發出「嘎啦嘎啦」好像硬幣的聲音。

媽媽驚訝的說：

「琉璃子，這裡面該不會是錢吧？不、不行啦，我們不能收你的零用錢。」

「沒關係、沒關係，裡面大部分都是一元或五元硬幣。不瞞你說，這也不是我的錢。其實是我們研究所正在做一項實驗，如果香步願意幫忙，那就太好了。」

「實驗？」

「對。」

琉璃子阿姨點了點頭，彎下身體看著香步說：

「香步，你聽我說，這個袋子裡裝了很多零錢，但是你不可以在普通的超市或便利商店使用這些錢。」

「不可以嗎？」

「對，這些硬幣只能在一家店使用，那是一家柑仔店。」

「那家店在哪裡？」

「店址是祕密，但是只要你帶著這些錢，可能就有機會找到那家店，到時候就可以用這些錢了。啊，你在那家店裡買的零食，要先給阿姨看過才能吃。你願意幫忙嗎？」

「嗯！」

香步聽懂了琉璃子阿姨所說的話。

總而言之，這個袋子裡裝了特別的錢，只能在特別的店裡使用，真是太令人興奮了。不過媽媽歪著頭說：「好奇怪的研究。」

那天之後，香步只要出門就會帶上裝了零錢的袋子，而且還偷偷帶去了幼兒園。

但是，她沒有把這件事告訴其他小朋友，因為媽媽再三叮嚀，絕對不可以讓任何人知道。

「像你這麼小的孩子身上不能帶錢，這次是因為琉璃子阿姨拜託，所以才幫她一下，但是你千萬不可以告訴別人。」

「好。」

就這樣過了一個月。

這一天，香步和媽媽像往常一樣離開幼兒園，走在回家的路上。

這時，香步感覺到好像有人在叫自己的名字。

她看向聲音的來源，發現大樓和大樓之間有一條狹長的巷子，那條小巷一直通往深處。

香步突然很想走進那條巷子，因為她聽到了聲音。巷子深處傳出「來啊，來啊」的呼喚，那個聲音吸引了她。

香步對媽媽說：

「媽媽，我今天想走那條路。」

「那條路……你是說那條巷子嗎？不行，那條巷子不知道會通往哪裡，而且看起來很陰暗，你不是不喜歡陰暗的地方嗎？」

「那條路沒問題！媽媽，我們走那裡嘛，走嘛！」

「啊，香步！等一下！」

香步不聽媽媽的勸阻，跑進了巷子。

媽媽說得沒錯，巷子內陰暗又安靜，沒走幾步路就完全聽不到車聲了。但是香步完全不害怕，因為她聽到了呼喚自己的聲音。

「快來啊，就在這裡。」

香步在那個聲音的引導下，忘我的跑了起來。

「等一下！香步，你先不要跑！」媽媽一路叫著追了上來。

不一會兒，有一家看起來開了很多年的柑仔店，出現在香步眼前。香步倒吸了一口氣，因為柑仔店裡有許許多多她以前從來沒有見過的零食。

消沉魷魚乾、置之不理蛋糕、哥布林巧克力出奇蛋、武術葡萄、滿不在乎罐頭、冒號馬卡龍、合身花生、除臭泡芙、角色牛奶糖、福爾摩斯豆、美人魚軟糖、道歉餅……每一種零食都散發出令人怦然心動的魅力。

普通的便利商店和超市絕對沒有賣這麼誘人的零食，這裡所有的零食都閃閃發亮，不要說香步，就連追上來的媽媽也看得出神。

這時，一個阿姨從店內走了出來。

阿姨穿著紫紅色的和服，體型又高又大，看起來好像是相撲選手，而且她的身高應該比香步的爸爸還要高，再加上她長得很福態卻不臃腫，反而給人很有氣勢的感覺。阿姨有著一頭白髮，臉上卻完全沒有皺紋，皮膚既豐潤又光滑。

阿姨向香步彎腰鞠躬，頭髮上的玻璃珠髮簪閃動著光芒。

「幸運的客人，歡迎光臨，歡迎你來到『錢天堂』。」

「錢、錢天堂？」

「沒錯，這是本店的店名。」

阿姨說的話有點奇怪。香步突然恍然大悟，琉璃子阿姨說的特別的柑仔店，該不會就是這裡吧？

「這裡……該不會是特別的柑仔店吧？」

「不能說是特別，說是測試運氣的柑仔店也許更貼切。你今天會來到這裡全是靠運氣，你要購買的零食也是運氣。」

「我聽不懂……」

「呵呵呵，真是不好意思。總之，『錢天堂』可以為客人實現願望，你已經找到想要的零食了嗎？要不要我來幫忙找？請問你有什麼願望？」

阿姨說話的聲音很甜美，簡直可以滲進內心深處。香步聽了她的話，忍不住說出自己的願望：

「我想在院子裡種很多水果，像是香蕉和芒果樹，這樣就可以吃到超多熱帶水果了。」

「哎喲喲，這真是美好的願望。」

阿姨露出燦爛的笑容回答：

「如果是這樣，我們店裡有一款很適合你的零食。請等我一下。」

阿姨說完，從後方的貨架底下拿出一樣東西，然後走了回來。

「這是『熱帶燒』，只要吃了熱帶燒，就具備有熱帶叢林的力量，對你在院子裡種植熱帶水果也大有幫助，你覺得怎麼樣？」

阿姨的手上拿著帶有鮮豔黃色的大鯛魚燒，看起來很好吃。鯛魚燒的下半部包在漂亮的綠色和紙裡，紙袋上面畫著種了椰子樹的島嶼，還寫了很大的字。香步不認得那些字，但是那幾個字應該就是「熱帶燒」。

香步一看到阿姨手上的鯛魚燒，立刻就愛上了它。

「就是這個！我就想要這個！」

她能感覺到自己的內心在這麼吶喊。

「我、我要買！」

「好的，沒問題，熱帶燒的價格是一元。」

這麼大的鯛魚燒竟然只賣一元！香步高興不已，轉頭看向自己的母親。在她開口說出：「媽媽，我要買這個！」之前，她想起了一件事。

對了，琉璃子阿姨之前給了自己一袋錢。琉璃子阿姨說那些錢很特別，要在特別的柑仔店使用，所以現在就可以用了。

香步正打算從背包裡拿出裝了零錢的小袋子，卻聽到媽媽對柑仔店的阿姨說：

「啊，我還要買這個。」

媽媽說話的時候，手指著一個青蛙形狀的口金包，上頭的標籤寫著「剛剛好口金包」。

不過柑仔店的阿姨一臉同情的搖了搖頭。

「不好意思，只有這位客人有今天的幸運寶物。」

「咦？那是什麼意思？」

「意思就是今天本店只能賣商品給這位小妹妹，很抱歉，請你改天再來。」

「啊啊啊！怎、怎麼這樣？」

媽媽一臉惋惜的看著「剛剛好口金包」。她可能是無法放棄，於是開口央求女兒。

「香步，求求你！你幫媽媽買這個口金包，我會買很多哈蜜瓜，

吝嗇鬼
櫻桃
使役魔硬糖
剛剛好口金包

還有很貴的芒果給你吃。好不好？就這麼做吧。」

「啊啊，我才不要，我絕對要買這個鯛魚燒！」

「怎麼這樣！」

媽媽像小孩子一樣哭喪著臉，但是香步並沒有理會，因為她無論如何都想要買「熱帶燒」。

「香步！媽媽這輩子只求你這麼一次，買這個啦。」

「不要。」

「你好壞心喔！」

聽了她們母女的對話，已經讓人分不清到底誰才是小孩子了。

看到母女兩人大眼瞪小眼，柑仔店的阿姨插嘴說：

「你們不要吵了，母女吵架實在是很莫名其妙。這位小妹妹是今天的幸運客人，媽媽下次有機會再買，這樣不是很好嗎？」

媽媽聽到柑仔店阿姨的責備，突然回過神來並且羞紅了臉。

「不好意思，讓你看笑話了。」

「沒關係、沒關係。先不說這個，這位客人，請你結帳吧。」

「喔，好！」

香步打開裝滿零錢的袋子，裡面也有很多一元硬幣。

香步立刻拿出一枚硬幣遞給阿姨，但是阿姨搖了搖頭說：

「這不是今天的幸運寶物。」

「但、但是我不知道哪一個才是幸運寶物。」

「借我看一下……啊，找到了、找到了，就是這個。」

阿姨興奮的從袋子裡拿出另一枚一元硬幣。

「就是這個、就是這個，昭和六十二年的一元硬幣。這是今天的幸運寶物，所以這個『熱帶燒』是你的了。」

「謝謝！」

香步歡天喜地的接過「熱帶燒」。她興奮得手舞足蹈，比媽媽買玩具給她，或是過年拿到壓歲錢還要高興好幾倍。

媽媽露出羨慕的眼神看著香步說：「好吧，我們該回家了。」

一直看著「剛剛好口金包」太痛苦了，既然買不到，乾脆眼不見為淨。

媽媽可能是這麼想的，所以她連忙牽起香步的手，匆匆走出了柑仔店。

送走那對母女之後，柑仔店的阿姨開始用抹布擦拭櫃臺。這時，她突然用力眨了眨眼睛，說：

「哎喲，慘了，忘了請她好好閱讀說明書……算了，搞錯的機率只有百分之五十，即使出了差錯，那個零食也不至於……啊，差不多該給墨丸和招財貓準備點心了。」

阿姨說完，便急急忙忙的走回店內深處。

香步和媽媽默默走在回家的路上，媽媽好像還在想「剛剛好口金包」的事，香步也滿腦子都想著「熱帶燒」。

不知道「熱帶燒」吃起來是什麼味道？因為是特別的柑仔店賣的零食，味道一定也很特別。最重要的是，「熱帶燒」有魔法的力量。那個柑仔店的阿姨說，只要吃了「熱帶燒」，就能擁有熱帶叢林的力量，對於在院子裡種植熱帶水果很有幫助。

香步加快腳步，很想趕快吃「熱帶燒」。

母女倆走出巷子，沿著熟悉的道路回到家裡。

「我回來了！」

香步脫了鞋子，便急急忙忙的去洗手。因為剛才一路走回家，現在她的肚子也有點餓了。現在就把「熱帶燒」吃掉吧！

「我要開動了！」

香步完全忘記琉璃子曾經叮嚀過她「你在那家店裡買的零食，要先給阿姨看過才能吃」這件事，就這樣直接拿出「熱帶燒」，把包裝紙丟進了垃圾桶。她先咬了一小口鯛魚燒的尾巴。

「好吃，好好吃！」

這個「熱帶燒」和普通的鯛魚燒不一樣，外皮滋潤Q彈，簡直就像是麻糬。

而且「熱帶燒」的內餡不是豆沙，而是又甜又濃郁的果醬。這種果醬有一種說不出的美味，好像凝聚了所有熱帶水果的味道，雖然很甜卻很清爽，香氣十足又完全不會膩。

香步原本打算小口小口的吃，但她一吃就停不下來。一轉眼，她已經把「熱帶燒」吃得精光，然後滿足的吐了一口氣。

「嗯？咦？」

她感覺到身體熱了起來，一股巨大的能量聚集在手心，好像燃燒的火焰一樣。

接著，她的腦中浮現了院子的景象。潮溼的泥土裡，有之前種的芒果種子，還有之前吃過的火龍果和楊桃，她都有把種子留下來。

好想種，好想種植這些水果。

香步在神奇力量的驅使下，握著之前珍藏的種子來到院子。她走到陽光充足的位置，把泥土挖了起來，先把火龍果的種子埋進泥土，又種下楊桃的種子。

接著，她走到之前種了芒果種子的地方，把手放在完全沒有發芽的地面，喃喃說著：「快長大、快長大。」她覺得能量透過自己的手掌滲入了泥土。

很好，這樣就沒問題了。

香步帶著一種奇妙的滿足感走回屋內。

但奇怪的是，明明才五月，那天晚上卻特別悶熱，空氣很潮溼，熱得讓人喘不過氣，汗水也流個不停。

「好熱啊！媽媽，趕快開冷氣。」

爸爸聽到香步這麼說，也表示贊成。

「沒錯沒錯，趕快開冷氣。」

「雖然電費很貴，但也沒辦法了。」

「現在顧不了那麼多了，這麼熱根本睡不著。」

開了冷氣之後，房間內立刻涼快起來。一家人終於鬆了一口氣，安然入睡。

隔天早晨，香步醒來之後立刻去院子裡查看。她猜想或許會有一顆種子發芽，沒想到……

她一看到院子，頓時大吃一驚。

「不會吧……」

昨天還空蕩蕩的院子裡，出現了好幾棵果樹。

她第一個看到的是像電線桿一樣筆直的樹幹，長長的葉子好像厚實的昆布，垂下的葉片前端結出了深粉紅色的果實，果實上還有黃綠色的突起物，看起來很像是魚鱗。

「啊！」

香步急忙跑向那棵樹。樹上結的果實是火龍果，每一顆都差不多像嬰兒的腦袋那麼大，而且已經成熟，馬上就可以吃了。

「真、真的長出來了，而且只要一天……太、太厲害了！」

「該不會……」香步又走去看其他的樹。

楊桃樹很纖細，但是樹上結滿了黃色和黃綠色的果實。芒果也長成了大樹，巨大飽滿的果實垂了下來。

「太、太棒了！」

香步大聲歡呼，爸爸和媽媽聽到她的叫聲也來到院子，兩個人看著眼前的畫面全都目瞪口呆。

「這、這……這怎麼可能？」

「這是什麼狀況？到底是怎麼回事？」

「這是魔法！」

香步摘著垂下來的芒果大喊。

「這是魔法！零食的魔法！因為『熱帶燒』的力量，種出了熱帶水果！」

「那是什麼？『熱帶燒』是什麼？」

「不會吧？所以那家店果然……啊，早知道我無論如何都應該把那個『剛剛好口金包』買回家！」

爸爸不停眨著眼睛，媽媽則是抱著頭懊惱不已，但是香步感到很幸福，她終於有了自己的果園，以後可以盡情享用這些水果了。

那天的早餐是豪華水果大餐，有甜度爆表的芒果，還有切成漂亮星形的楊桃。火龍果的白色果肉上，有許多黑色顆粒的種子，吃

起來很鮮甜。

吃了新鮮的水果，身體好像發出了「真是好吃，太奢侈了」的歡呼聲。

香步感到無比幸福，臉頰和內心好像都快要融化了。

這都是多虧「熱帶燒」的威力。不對，是因為琉璃子阿姨送了特別的零錢。

吃完早餐，香步立刻打電話給琉璃子阿姨。她原本想向琉璃子阿姨道謝，但是她才剛說完「我去了那家柑仔店！」琉璃子阿姨就立刻飛奔到香步家了。

「太厲害了！所以你買了什麼零食？給我看看！」

「啊……對不起，我忘記之前說好要先給你看，我已經吃掉了。」

「不會吧？我不是有再三叮嚀你嗎？」

聽到琉璃子阿姨說話大聲起來，香步忍不住感到害怕。不過琉璃子立刻調整好心情，對香步笑了笑說：

「啊，對不起，我沒有生氣，只是有點失望……那你可以告訴我，你買了什麼零食嗎？還有，外面的包裝紙或盒子，你有沒有保留下來？」

「我把那張紙丟掉了。」

「什麼？垃圾桶在哪裡？」

琉璃子阿姨猛然站起身，轉頭詢問媽媽。

「今天是倒垃圾的日子，我已經把垃圾拿出去丟掉，垃圾車才剛離開呢。」

「……」

阿姨的臉再次皺成一團。

「沒辦法了，那就把來龍去脈告訴我吧。從頭到尾，一字不漏的告訴我。」

阿姨雙眼發亮的探出身體。香步和媽媽嚇了一跳，但母女兩人還是把一起去那家柑仔店的事全部說了出來。她們遇到一位穿著和服的高大阿姨，兩人找到了想要的東西卻只有香步能買，而且因為吃了「熱帶燒」，院子裡長出了熱帶水果的果樹。

琉璃子阿姨看到院子後，驚訝得瞪大了眼睛。

「難以置信，一個晚上就長出來了……你們再從頭說起，到底是怎麼找到『錢天堂』的？你們走進巷子時有沒有什麼契機，或是特別的事？」

琉璃子阿姨追根究柢，持續問了超過一個小時。

最後，阿姨目不轉睛的注視著香步的臉說：

「所以，有沒有什麼不一樣的地方？除了一夜之間果樹就長出來以外，還有沒有什麼奇怪的事？」

「嗯，沒有了。」

「真的嗎？真的沒有嗎？」

琉璃子阿姨追問個不停，於是媽媽代替香步回答。

「應該沒有……琉璃子，怎麼了嗎？」

「沒有，沒事，只是想確認一下。既然發生了這麼神奇的事，也許還會有其他狀況。如果發生了什麼不尋常的事，可以馬上告訴我嗎？」

「好，但是那家柑仔店到底是怎麼回事？雖然難以置信，但那家店裡的零食是不是都有神奇的力量？」

「應該是，但是聽說很難找到那家店，只有運氣好的人才能走進去。」

「啊！這是真的嗎？」

琉璃子阿姨一臉嚴肅的點了點頭說：

「如果你不相信，可以再去那條巷子找找看，我相信你絕對找不到那家店。」

「怎麼這樣！我原本還打算下次去那家店，一定要買我想要的東西。到底要怎樣才能去那家店？」

「不知道，那家柑仔店有太多不解之謎了，而且好像一輩子只能去一次。到目前為止，我們研究所並沒有發現同一個人曾經去過那家店兩次的經驗，但是這次既然只有香步買到零食，搞不好你下次還有機會去那裡。你不是有想要的商品嗎？」

「對，我有想買的東西！」

「既然這樣，我再給你一袋新的零錢，你可以帶著這袋零錢四處走動。但是，如果你下次再到那家柑仔店買了什麼東西，在吃之前一定要先拿給我看。」

琉璃子阿姨厲聲說完，便轉身離開了。

很可惜，香步和媽媽沒有再次找到那家「錢天堂」柑仔店。她們四處找了很久，但是再也沒有看過那家神奇的商店，也找不到通往那家店的道路。

媽媽對這件事很失望，但是香步並不覺得遺憾。說實話，她更關心該怎麼做才能在院子裡種植更多果樹。

香步不再央求媽媽買零食和果汁，而是要求她買一些平時少見的水果，像是釋迦、百香果、荔枝、山竹。

香步也很想要榴槤，但是媽媽說：「千萬不要。」因為榴槤的味道太可怕了。

香步吃完水果後，會把種子種在院子裡，然後到了隔天，種子就會長成果樹、結出果實。

原本寬敞的院子漸漸長滿了樹，變成一片小叢林。

不知不覺間，他們每天都可以採收到吃不完的水果，即使做成果醬和雪酪也吃不完。

於是，媽媽把吃不完的水果送給左鄰右舍。

「哎喲，要送我這麼罕見的水果啊。」

「謝謝！我一直很想吃這個。」

「如果不嫌棄，把這個帶回家吃吧。沒關係、沒關係，就當作是送我水果的回禮。」

鄰居們都很高興，也回送了很多東西，有白米、蔬菜、魚乾，甚至還有味噌醃高級牛肉。

現在媽媽終於承認了：「香步買『熱帶燒』，可能是正確的決定。」

「熱帶燒」的威力之後也一直持續。香步種下的種子很快就能變成果樹，一年四季都會結出果實。

但是有一件事，只有一件事讓人很傷腦筋。

自從香步吃了「熱帶燒」，家裡和院子裡每天晚上都很悶熱，即使到了冬天，也要開冷氣才能睡覺。

沒錯，「熱帶燒」也為東山家帶來了「熱帶的夜晚」。

不過，如果香步吃「熱帶燒」的時候，是從鯛魚燒的頭部開始吃，就不會有這種問題了……

東山香步，五歲的女孩。昭和六十二年的一元硬幣。

2 獨家新聞可麗餅

「早知道就不當什麼班報委員了。」五年級的一郎越想越生氣，忍不住踢開腳下的石頭。

起初他很高興，因為班報委員在班上也是很受歡迎的幹部，而且他喜歡的女生小藍也是班報委員。

「加油，我們要做出比一班和二班的班報更有趣的內容。」

一郎聽到小藍這麼說，覺得自己渾身是勁。因為已經就讀高年

級，所以他打算除了寫文章還要附上照片，這樣看起來會更有報紙的感覺。一郎沒有智慧型手機，於是向爸爸借了一臺老舊的數位相機，整天都在努力觀察周遭是不是有可以寫成新聞的素材。

不過事情沒有一郎想像的那麼順利。他遲遲找不到出色的題材，好不容易發現目標，又早被別班的班報委員搶走了。

五年級有三個班級，大家隨時處於競爭狀態，而且在任何事情上都要競爭。目前二班的班報正在做小貓的特別報導，很受大家歡迎。二班的班報委員和馬，家裡有一窩新生的小貓，他記錄那些小貓的成長，還附上了照片。

小貓特別報導大獲好評，就連其他年級的同學，也會特地到二班的教室前看小貓成長紀錄。和馬更因此成為了紅人，一郎簡直羨慕死了。

他一篇報導都寫不出來，小藍也漸漸覺得他是個「廢物」，偏偏和馬卻這麼春風得意。

「唉唉唉，真想寫一篇超猛的報導，把那些小貓照片完全比下去。」一郎很想找到有趣的事，寫出讓大家眼睛為之一亮的新聞。

所以放學後，他經常帶著相機在附近尋找素材。

有一天，不知道是什麼原因，他走進了一條陌生的巷子。

巷子內空無一人，四周靜悄悄的。雖然狹窄的巷弄很昏暗，卻讓人有種興奮的感覺。

搞不好裡面會有什麼驚人的事。

一郎的內心充滿了期待，他快步走進巷子，很快就發現那裡有一家柑仔店。

「太、太猛了！」

這家柑仔店竟然悄悄開在這種地方，簡直就像是祕密基地，而且店門口陳列的零食，全都是他從來沒有見過的商品。如果寫文章介紹這家柑仔店，大家一定會很感興趣，而且會很想來這裡逛逛。

一郎舉起相機，對著掛了「錢天堂」招牌的柑仔店拍了好幾張照片，拍完之後，他決定走進店裡參觀一下。

店內也放滿了各種零食和玩具，簡直就像裝滿寶石的珠寶箱。這家柑仔店很迷人，而且散發出魔力的光芒。

一郎看得出神，甚至忘了拍照。這時，一位高大的阿姨從店裡走了出來。她挽起一頭白髮，古錢幣圖案的和服穿在她身上很好看。

她福態的臉上露出妖豔的笑容，用甜美的聲音對一郎說：

「歡迎光臨，歡迎來到『錢天堂』，我是老闆娘紅子，發自內心歡迎你這位幸運的客人。請問你有什麼心願？不管你的心願是什麼，都請說出來。」

只要把這個阿姨的照片印在班報上，就可以吸引大家的目光。雖然一郎這麼想，卻無法對眼前的阿姨說：「請讓我為你拍一張照片。」而是脫口說出另一件事。

「我是班報委員，希望在班報上刊登讓大家大吃一驚的照片或報導。」

話一說出口，一郎就被自己嚇到了。他為什麼會對別人說出心裡的話？這簡直就像是嘴巴不受控制。

但是老闆娘一點也不驚訝，她微笑著點了點頭說：

「原來如此，這樣的話，本店有一款非常適合你的零食，是最近新推出的『獨家新聞可麗餅』。」

「獨家新聞可麗餅？」

「對，只要吃了這款可麗餅，馬上就能蒐集到獨家新聞。這是最近才開發的新商品，你不覺得完全符合你的需求嗎？」

一郎目不轉睛的看著對他露出微笑的老闆娘。

「吃了這種可麗餅，就可以蒐集到獨家新聞？怎麼可能？她看我是小孩子，所以用這麼離譜的話來唬弄我嗎？」一郎心想。

但是他內心的憤怒很快就消失了。不知道為什麼，他看著老闆娘的眼睛，漸漸開始覺得「啊，她說的是真的」。

對了，這個老闆娘一定是魔女。仔細思考就會發現，無論是這家店還是店裡的商品，全都散發出一種不可思議的感覺。這裡充滿了魔法，所以他的心願一定可以實現。

「如果你說的是真的，那我要買『獨家新聞可麗餅』。」

「當然是真的。既然決定好了，那就先跟你結帳。『獨家新聞可麗餅』的價格是一百元，請用平成三十年的一百元硬幣支付。」

「平成三十年的一百元硬幣？我不知道有沒有。」

「你一定有。」

老闆娘自信滿滿的點了點頭。一郎拿出錢包一看，沒想到裡面真的有一枚平成三十年的一百元硬幣。

「啊，找到了！」

「對吧？我不是說了你一定有嗎？如果沒有這枚硬幣，你不可能會走進這家店。」

「因為我有這枚一百元硬幣，所以才能來這家店嗎？」

「沒錯，就是這樣。好，既然你決定要買『獨家新聞可麗餅』，那就把這一百元硬幣給我吧。」

「嗯，好。」

一郎把一百元硬幣交給老闆娘的時候，老闆娘露出微笑說：

「謝謝，這的確是今天的幸運寶物。我現在就動手做『獨家新聞可麗餅』，請稍等一下。」

老闆娘說完，便走進店內深處，拿著一個很大的煎鍋，還有裝了奶油色麵糊的大碗走了回來。

老闆娘把插頭插進插座，然後開始加熱煎鍋。她舀了一勺麵糊倒在煎鍋上，然後用勺子抹開。薄薄的麵糊很快就煎好了，令人食指大動的餅皮大功告成。

老闆娘從煎鍋中拿出餅皮，好像在變魔術似的，把鮮奶油和巧克力醬俐落的倒在餅皮上。

一郎見狀大吃一驚。餅皮的中央是巧克力醬，白色的鮮奶油圍繞在巧克力醬周圍，看起來就像是一隻眼睛。

老闆娘完成之後，把可麗餅捲起來遞給一郎。

「來，『獨家新聞可麗餅』做好了。」

「謝謝！哇，看起來超好吃。」

「我必須向你提出一個忠告，那就是不要太著迷，凡事都要懂得適可而止。」

但是一郎根本沒有把老闆娘的話放在心上，因為他完全被手上的「獨家新聞可麗餅」迷住了。那個可麗餅外表看起來很樸實，但是卻超級吸引人，而且感覺很好吃。

他先為可麗餅拍了一張照片，然後大口咬了起來。

「太好吃了！」

鮮奶油的甜味恰到好處，和濃郁的巧克力醬混合在一起，簡直是絕妙的搭配。可麗餅薄薄的餅皮很滋潤，口感也妙不可言。

第一次吃到這麼好吃的可麗餅，一郎忍不住大快朵頤起來。等到全部吃完之後，他才終於回過神。

「啊，對了，乾脆來報導這家神奇柑仔店。魔法柑仔店內有一位魔女老闆娘，如果大家知道這件事，一定會大吃一驚。剛才已經拍了這家店的照片，再請老闆娘讓我補拍一張她的照片就行了。」一郎這麼想著，然後開口詢問：「請問可不可以……咦？」

一郎忍不住用力眨眼，因為老闆娘不知道在什麼時候消失了，就連那家柑仔店也不見蹤影。

一郎此時正站在熟悉的公園裡。

「太猛了……那裡果然是魔法柑仔店，早知道剛才就先拍老闆娘的照片了！」

一郎很懊惱，但是他想起自己已經拍下柑仔店和「獨家新聞可麗餅」的照片，只要把這些照片刊登在班報上，應該就沒問題了。大家看了報導就會相信，這家柑仔店真的很神奇。

沒想到他打開數位相機一看，才發現自己根本沒有拍到照片。剛才明明有按下快門，相機裡卻找不到拍攝的內容。

「這、這是怎麼回事！怎麼會有這種事！」

正當一郎大感失望的時候，他聽到了一陣「嗶嘟、嗶嘟」的神奇聲音。

一郎以前從沒聽過這種聲音，不知道為什麼，這個聲音一直讓他無法平靜，他覺得發出這陣聲響的地方，一定發生了什麼驚人的事件。

一郎決定循著聲音的方向尋找。他走出公園，沿著馬路走了一小段，聲音也越來越大。

一郎情不自禁的看向路邊的一棟房子。

他也搞不懂為什麼，自己的眼睛無法離開那棟房子，簡直就像是相機聚焦在那棟建築上。

一郎不知不覺的拿起相機，對準那棟房子。

下一剎那，隨著「砰」的一聲巨響，窗戶玻璃被震破了，熊熊火光從屋內噴了出來。

「啊啊啊、啊啊啊啊啊！」

一郎嚇得魂不附體，不小心一屁股跌坐在地上。

「哇啊啊啊！」

「剛才那是什麼聲音？」

「出事了！火災，有火災！」

「趕快打電話給消防隊！趕快！」

附近的鄰居驚慌失措的來到馬路上，周圍亂成一團。一郎嚇壞了，連滾帶爬的逃離現場。

回到家後，一郎仍然渾身發抖。噴出的火焰和震破的玻璃碎片，這些火災的景象深深烙印在他的腦海中。

天黑之後，媽媽在吃晚餐的時候告訴他：

「對了，今天五丁目發生了火災，聽說是瓦斯桶爆炸，幸好沒有人受傷，而且火勢也很快就撲滅了。」

一郎聽完終於鬆了一口氣。

啊，這真是太好了。不過自己那時候為什麼會注意到那棟房子？而且還是在爆炸發生之前。

這時，一郎想起了相機，他急忙確認自己拍攝的照片。

「啊，拍到了！」

相機拍到了爆炸的瞬間。原來在他嚇了一大跳，不小心跌坐在地上的時候，手指按到了快門。

這張照片太震撼了，一郎忍不住吞了口口水。蔓延的火勢、震破的玻璃窗，照片清楚的記錄下那個瞬間的衝擊和威力。

「這該不會……就是獨家新聞？」

一郎立刻把照片列印出來，貼在班報用紙上，然後一口氣完成了報導內容——

十一月七日下午四點三十四分，富岡町五丁目發生了一起火災，據說是因為瓦斯桶爆炸，火勢從一棟房子內竄了出來，幸好沒有任何人受傷。發生了這麼大的爆炸竟然沒有人受傷，簡直就是奇蹟。

隔天，一郎在五年三班的教室門上張貼班報，吸引了很多學生觀看。比起報導內容本身，那張爆炸現場充滿震撼力的照片，更令大家印象深刻。

班上同學紛紛圍著一郎詢問。

「真的是你拍到那張照片嗎？」

「對啊。」

5年3

「太厲害了，你不會害怕嗎？」

「比起害怕，當時的聲音真是太嚇人了，而且就像照片拍到的，火勢也很猛烈。」

「哇，你竟然可以拍到那個瞬間的照片。」

「是啊，畢竟我是記者嘛。」

大家的稱讚讓一郎很得意，同時也在內心竊喜。他已經知道這是怎麼一回事了。因為吃了「獨家新聞可麗餅」，所以自己才會被帶到意外爆炸的現場。如果以後再聽到那個神奇的聲音，一定可以再拍到獨家新聞的照片。

放學後，一郎帶著相機，興奮的在附近走動，沒想到又聽到了那個「嗶嘟、嗶嘟」的聲音。

「太棒了！」

他急忙跑向聲音傳來的方向，雙眼情不自禁的看向馬路旁的水溝，那條水溝差不多有六十公分的寬度。

就是那裡，一定錯不了。

一郎舉起相機，興奮的等待即將發生的狀況，沒想到意料之外的事再次發生了。

有一隻手從水溝內伸了出來。

「啊！」

一郎嚇了一跳，但他還是立刻按下了快門。

後來他戰戰兢兢的走向水溝，發現是一位老奶奶卡在水溝內，用無力的聲音喊著：「救命！」

「慘、慘了！你等、等一下！」

一郎嚇得臉色發白，抓住老奶奶的手用力拉，但是他怎麼也拉不動，於是就去找人幫忙，大家合力才把老奶奶從水溝中拉了上來。

一郎及時發現老奶奶掉進水溝，而且試圖救她，這個行為立刻受到眾人的稱讚。警察局還頒給他一張獎狀，表揚他樂於助人。

不僅如此，電視的談話節目也介紹了一郎。

小學生樂於助人，拯救老婦人一命！

目前就讀小學五年級的神原一郎，發現一位老婦人掉進了水溝，立刻找來大人協助，把老婦人救了起來。因為迅速獲救，老婦人並沒有受傷。一郎表示自己剛好在拍攝水溝的照片，才發現有一隻手從水溝中伸了出來。不可思議，這世界上真的有奇蹟般的巧合呢。

一郎靦腆的模樣，還有他拍的那張「一隻手從水溝中伸出來」的照片，都出現在電視螢幕上。

這件事成為了大新聞，一郎很快就變成眾人眼中的英雄。當他走在商店街時，大家紛紛稱讚他：「了不起！」、「幹得好！」在學校時，同學也說他：「太厲害了！」

就連小藍也很佩服一郎。

「我也很想像你一樣，發現驚人的獨家報導。下次我可以和你一起去採訪，尋找獨家新聞嗎？」

「嗯，可以啊。」

和小藍一起去找獨家新聞，簡直就像是在約會。一郎樂得合不攏嘴。

「不錯不錯，獨家新聞真是太棒了。大家都很高興，而且對我也有幫助，以後我要繼續尋找獨家新聞！」

一郎再次下定了決心，每天都帶著相機四處找新聞，但是根本不可能經常遇到爆炸或是救人這種轟動的事件，大部分都只是小事。像是在幼兒園屋頂築巢的鳥，其實是這一帶難得一見的鳥類；或是某戶人家養的寵物兔，在商店街跑來跑去。

大家很快就對這種程度的新聞失去了興趣。一郎發現自己越來越沒有人氣，忍不住著急起來。

「我想找到更轟動的新聞，要拍下讓大家眼睛為之一亮的照片。」

一郎開始全心全意尋找獨家新聞，他對那些溫馨的小事件不屑一顧，只追求更刺激、大家也更熱衷的話題。

他決定不和小藍一起找資料，因為他想獨占獨家新聞。

接下來的時間，雖然他都循著「嗶嘟、嗶嘟」的聲音挖掘新鮮事，可惜每次都敗興而歸。

但是有一天，他發現「嗶嘟、嗶嘟」的聲音比以往更大。

一定是有驚人的大事要發生了。

一郎興奮的騎著腳踏車，前往聲音傳來的方向。

最後他來到了近郊。這一帶都是農田，不遠處還有一座小山，這種地方會發生什麼事呢？

一郎歪著頭感到納悶，卻還是循著聲音的來源尋找。

當他來到山腳下的登山步道入口處，他的目光被一片鬱鬱蒼蒼的竹林吸引了。

是那裡嗎？一郎立刻舉起相機，嚴陣以待。

到底會發生什麼事呢？拜託，一定要很驚人。他一邊在心裡這麼想著，一邊在現場安靜等待，然後發現竹林搖晃間發出沙沙沙的聲響。

「太猛了，竟然是熊！」

竹林內出現了一頭熊，但牠只是小熊，體型差不多和柴犬一樣大。小熊滿臉稚氣，簡直就像是活生生的絨毛娃娃。

這照片非拍不可。要是大家知道他拍到了真正的熊，一定又會說自己「好厲害」！

一郎連續拍了好幾張照片，但是熊寶寶只是愣愣的看著他，並沒有逃走，而且還一臉好奇的慢慢走了過來。

這時，一郎想到了一個好主意。只拍小熊的照片太沒意思了，和熊寶寶合影不是更讚嗎？這樣也可以證明自己真的遇到了熊，而且還有走到熊的身旁。

一郎跳下腳踏車，悄悄走向小熊。

「好乖、好乖，你不要逃走，我不會害你。」

好不容易來到小熊身旁，一郎拿起相機對著自己和小熊自拍。

「太好了！拍到了！」

一郎馬上確認相機，照片拍得很成功，清楚拍到了一臉得意的一郎和可愛的小熊。

太棒了！一郎正想做出勝利的姿勢，卻突然發現一件事。

照片中並不是只有自己和小熊，還有一個巨大的黑影，在竹林後方探頭探腦的張望。

「咦？那是什麼？」

一郎回頭一看，頓時大驚失色。

黑影就在那裡，就在一郎的背後。

「嘎答嘎答嘎答……」

一郎全身不由自主的發抖，卻完全無法動彈。他的雙眼緊盯著大熊，被母熊的魄力和野生動物的野性嚇壞了。

這時，母熊突然站了起來，原本就很龐大的身軀變得更加巨大。母熊張大嘴巴時，簡直就像是下巴掉了下來，發出驚天動地的吼叫聲。

「吼——！」

啊，這下要沒命了。一郎茫然的想著。

「我死定了。小學五年級的男生試圖靠近小熊和牠拍照，結果遭到母熊攻擊。啊，這確實是很轟動的獨家新聞，但是我不想要，我不想要自己成為獨家新聞的主角……」一郎心想。

「叭叭叭叭叭叭！叭叭叭叭叭叭！」

此時，一郎身後突然響起刺耳的聲音，讓他和那對熊母子都嚇了一跳。

熊母子似乎受到了驚嚇，立刻跑進竹林消失不見了。

「喂！你還好嗎？」

聽到聲音後，一郎轉頭看向後方，發現有一位叔叔從白色貨車上跳下來，然後跑向他。一郎這才知道，原來是那個叔叔按了貨車的喇叭，把那兩頭熊嚇跑了。

得救了！

一郎意識到這件事的同時，眼淚流了下來。太可怕了，他從來沒有這麼害怕的經驗。

如果不是那個叔叔剛好開貨車經過，自己不知道會有什麼下場？肯定會發生悲劇吧，而且電視新聞節目和報紙也一定會大篇幅的報導。

想到這裡，一郎不由得感到不寒而慄。

那天之後，一郎不再帶相機出門了，即使聽到「嗶嘟、嗶嘟」的聲音，他也全都置之不理；就算身為班報委員沒有出色的表現，他也完全不在意。

獨家新聞就是報導別人的不幸和倒霉事件，不過獨家未必永遠都發生在別人身上。

一郎發現這件事情之後，他就再也無法像以前一樣，忘我的追逐獨家新聞了。

神原一郎，十一歲的男孩。平成三十年的一百元硬幣。

3 合身花生

二十一歲的陽司很不會買衣服，他從小就不喜歡去服飾店。

首先，他不喜歡服飾店的店員，因為店員每次都會找來一件又一件衣服，並且不停的說「我覺得這件很適合你」，或是「哎喲，你穿這件真好看，尺寸也剛剛好」，但一聽就知道是在奉承推銷，根本不是真心推薦。

自己好不容易找到一件衣服，又必須去試衣間試穿，真的是有夠麻煩。

試穿時要先脫下身上的衣服，然後再換上新衣。但是到目前為止，陽司很少試穿到剛好合身的服裝。

他有一次試穿襯衫，因為袖子太長了，穿起來很醜。

又有一次試穿毛衣，尺寸雖然剛剛好，但是穿在身上的觸感很不舒服。

還有一次勉強試穿了一件尺寸不合的長褲，結果褲子卡在大腿的位置。他拚命想把褲子脫下來，結果卻不小心跌出試衣間。當時簡直丟臉死了，差一點覺得生無可戀。

現在買衣服雖然可以網購，不過陽司也討厭用這種方式購物。他曾經上網買過幾次，但是每次都不合身，最後無法穿的衣物都丟在衣櫃裡。

就是因為這樣，陽司平時幾乎都穿一成不變的T恤和牛仔褲，不過這些衣服也都舊了。最近要和一群女生聚餐，他希望到時候可以穿時尚一點的服裝，即使沒辦法很時尚，至少也要穿清爽一點的新襯衫。

陽司終於下定決心要去買衣服，但他猛然想到一件事。

「我、我沒錢！」

不久之前，陽司才和朋友一起去旅行，目前皮夾裡只有一張一千元紙鈔和幾個銅板。

「沒辦法，只能去打工了。不知道有沒有短期高薪的工作？」

陽司嘀咕著，翻閱打工雜誌，然後找到了一個理想的工作。

「五天五萬元！天啊，怎麼回事？怎麼會有這種好康？什麼什麼？募集神祕客？」

神祕客是專門試用上市前新商品的工作。即使是同樣的商品，每個人使用的感受都不相同。製造商為了推出更符合消費者需求的商品，就會蒐集各種資料和不滿的意見。

「不知道是做哪方面的神祕客，如果是試吃新推出的泡麵那就太棒了。」

於是，陽司決定去申請這個打工機會。他打電話詢問時，對方要求他馬上過去。

面試的地點位在工廠林立的工業區，那裡也有許多集合住宅。陽司根據地址找到了一棟比較低矮的白色大樓，那棟大樓只掛了「六條研究所」的招牌。研究所內很乾淨，環境也很舒適。

陽司被帶進一個小房間，一個身穿白袍的大叔為他面試。

「你是小田陽司嗎？」

「對。」

「你為什麼來應徵神祕客的工作？」

「因為時薪高，我最近很窮。」

「這樣啊，所以你是想要買什麼東西嗎？」

「沒有啦，我只是想買衣服。只不過即使有了錢，也不知道能不能買到適合的衣服。」

「不知道能不能買到？為什麼？」

「不，呃……沒什麼啦。」

「到底是為什麼呢？請你告訴我。我們都會詢問應徵者，是不是

有想要解決的煩惱？你不必擔心，我絕對不會笑你。」

「啊？真的嗎？」

雖然不太想要告訴別人，但是面試的大叔不停追問，陽司只好實話實說。

面試的大叔沒有笑他，但是臉上露出了興奮的表情。

「原來是這樣。你很不會挑衣服，這的確是很大的煩惱。」

「沒錯。不瞞你說，我超級煩惱這件事，如果有辦法解決，我真的會去嘗試。」

「原來如此、原來如此，很好，非常好。」

「什麼？」

「不，沒事，和你沒有關係。」

面試的大叔說完，拿出一個有白色和灰色格紋的小袋子，遞到陽司面前。

「這就是你這次打工的內容。你要把這個小袋子帶在身上四處走，只要外出就一定要把小袋子帶在身上。」

「袋子裡面該不會是錢吧？」

「沒錯，但是你平常不能打開袋子。如果你有找到一家名叫『錢天堂』的柑仔店，你就可以用袋子裡的錢買零食。」

「咦？錢、錢什麼？」

「『錢天堂』，那是一家柑仔店。」

「那家店在哪裡？」

「這個答案希望你能找出來。那家店很好認，有一塊漂亮的招牌，上面寫著大大的『錢天堂』三個字，而且那家店的老闆娘名叫紅子，是一位高大圓潤的女人。如果你在四處閒逛的時候，偶然找到了那家店，希望你能進去買一樣零食。怎麼樣？工作內容是不是很簡單？」

陽司頻頻眨著眼睛。

「咦？該不會只要我做這件事吧？」

「對，你只要做這件事就行了。總之，請你帶著這個袋子四處閒逛，五天之後，就可以領到五萬元的報酬。啊，我先把話說清楚，耍小聰明是行不通的。袋子底部有特殊裝置，如果你偷懶停在一個地方不動，我們馬上就會知道，一旦出現這種情況，就不會支付薪水了。」

「如果我找到了那家柑仔店，要買什麼零食？」

「隨便買什麼都可以，買你想要的零食就好。但是請你務必遵守一件事，如果你買了東西，一定要馬上把商品拿來這裡。啊，不必擔心，我們只會拿走一半作為樣本，剩下的另一半歸你。」

「萬一找不到那家柑仔店呢？這樣我就領不到錢嗎？」

「啊，不會的，你不必擔心，即使找不到那家柑仔店，我們也會支付薪水，因為那家柑仔店確實很難找。五天之後，請你再回來這裡，到時候把這個小袋子交還給我們，我們就會支付你這五天的薪水。」

做這麼簡單的事，真的能夠拿到五萬元的薪水嗎？陽司心裡覺得有點毛毛的，但還是接過小袋子，轉身離開了研究所。

「意思是要我去找柑仔店嗎？這是什麼研究啊？算了，不管他，我就去找找看吧。」

那天之後，陽司整天都在街頭閒晃。

他每天下午都要去專科學校上課，但即使是去學校，他也會把小袋子帶在身上。放學回家時，他會提前一站下車走路回家，順便尋找那家柑仔店。

就這樣過了兩、三天，陽司一直沒有看到面試大叔說的那家柑仔店。

「好吧，反正那個大叔說過找不到也會付錢，我就繞個路四處走走吧？」

第四天，陽司搭上公車，打算去一家稍微遠一點的書店。

他在書店附近的公車站下車，卻發現周遭是個陌生的環境。

「咦，奇怪？這裡是哪裡？」陽司打量四周，發現自己對這個地方完全沒有印象。

放眼望去只有幾棟灰色的建築物，周圍冷冷清清的。更令人難以置信的是，附近幾乎沒有車子和行人，這個地方可能是一條小路。

想走到大馬路上的陽司，直接走進了眼前的小巷，心想也許穿越這條巷弄，就可以回到熟悉的地方。

當他走進巷子時，彷彿走進了另一個世界。巷子內昏暗冷清，充滿了不可思議的氣氛。

陽司漸漸感到頭暈目眩，只有雙腳不斷前進，他走著走著，最後來到一家柑仔店。

店門口陳列了許多陽司從來沒看過的零食和玩具，雖然他已經不是小孩子了，卻忍不住想要把這些東西占為己有。抬頭一看，古色古香的漂亮招牌上寫著……

「錢、錢天堂？」

這不就是研究所那位大叔所說的柑仔店店名嗎？真的有這麼巧合的事嗎？

陽司驚訝不已，就這樣走進了「錢天堂」。

店內的零食琳琅滿目，貨架上也放滿了零食的盒子，天花板上還掛著風箏、飛機等玩具和面具。櫃臺上的大瓶子裡，裝滿如同寶石般色彩繽紛的糖果，還有蛇形狀的軟糖，後方的冰箱裡也陳列著不同顏色的瓶裝果汁和罐裝飲料，散發出閃亮亮的光芒。這間店的每一款商品都充滿魅力，超級吸引人。

陽司不知不覺的看得出神。

簡直太猛了。這是什麼？「殭屍豆」還有「黏黏糖」？啊，還有「笑到最後麩果」。這真是太有趣了。

陽司興奮激動、雀躍不已的在店內東張西望，然後他發現了一樣零食。

那個零食放在「彩虹麥芽糖」和「音樂果」的中間。原本以為是體積小的零食，沒想到並不是他想的那樣。那是個帶殼花生，不是許多帶殼花生裝在一個大袋子裡，而是只有一顆裝在透明的小袋子中，袋子上面寫著「合身花生」四個字。

「撲通。」他聽到了心臟劇烈跳動的聲音，「就是這個，我一定要把它買下來。」

正當陽司這麼想的時候，一個高大的人影緩緩從櫃臺後方走了出來。

那個女人的個子比陽司還高，高大的身上穿了一件紫紅色和服，給人很有氣勢的感覺。女人的頭髮像雪一樣白，把那些插在頭髮上的眾多玻璃珠髮簪襯托得格外漂亮，不過她的臉蛋很豐腴，完全沒有皺紋。

她看起來很年輕，感覺又像是上了年紀。女人揚起擦了紅色口紅的嘴角，笑著說：

「歡迎光臨，歡迎你來到『錢天堂』。」

「啊，呃……你好。」

「幸會。咦？你好像已經找到想要的零食了？」

她說話的方式有點奇怪，不過聲音很甜美，聽起來很悅耳。

陽司像是喝了酒似的，陶醉的指著「合身花生」說：

「我想要那個。」

「這樣啊，太好了，太好了。」

女人開心的笑了起來，拿起「合身花生」說：

「這是紅子我設計的商品，你想要買這件商品，我真是太高興了。幸運的客人，你是不是經常為買衣服和鞋子傷腦筋呢？」

「你怎麼知道？」

「呵呵呵，因為你選擇了『合身花生』啊。沒錯，要找到合身的衣服並不容易，而且也很麻煩。呵呵，只要有了這個『合身花生』，就可以解決你的煩惱。這個商品要五百元。」

一顆花生竟然要五百元，未免太貴了。陽司忍不住在心裡這麼想，但是，他並沒有不買的選擇，因為他無論如何都想要「合身花生」。

陽司拿出研究所大叔交給他的零錢袋，沒想到那個女人立刻小聲的說了句：

「哎呀！」

「咦？怎麼了？」

「啊，不好意思，我失禮了，因為我之前也有看過這個袋子。」

「是喔，所以還有其他打工仔來過這裡？」

「打工？」

「有個地方在徵人，要求打工的人帶著裝了零錢的袋子出門，如果找到名叫『錢天堂』的店，就要進去買零食。」

「哎喲……原來是這樣啊。」

陽司打開袋子，袋子裡的零錢發出了「嘎啦嘎啦」的聲響。他原本打算用五枚一百元硬幣支付，但是立刻發現袋子裡有一枚五百元硬幣。

「呃，這個可以嗎？」

「可以，這的確就是今天的幸運寶物，平成二年的五百元硬幣，萬分感謝。這是你的『合身花生』。」

陽司不太記得拿到「合身花生」之後的事，那個女人好像對他說了「有一件事要提醒你注意……」但是他完全沒有聽進去。他在不知不覺中離開了那條巷子，然後看到了熟悉的街景。

陽司有一種好像中邪的感覺，忍不住看著自己的手。

原來是真的。他的手上拿著「合身花生」，所以剛才的一切並

不是在做夢嗎？

陽司欣喜若狂，立刻準備撕開袋子吃掉「合身花生」。

不過，他在這時想起了研究所大叔說過的話。如果買到了「錢天堂」的零食，要先拿去研究所，因為有一半要拿去做樣本。

「不行，夢寐以求的『合身花生』是我的，我才不要把一半交給別人。」

雖然他這麼想，但這畢竟是工作，如果不遵守規定，可能會領不到錢。

陽司把「合身花生」放進口袋，很不甘願的走去研究所。

面試陽司的大叔剛好人在大廳。他向大叔報告自己去了「錢天堂」，大叔一聽立刻瞪大了眼睛。

「什麼！所以你找到了？你去了『錢天堂』？」

「對啊。」

「這、這真是太好了，所以你買了什麼？」

「我買了這個……」

陽司慢吞吞的把「合身花生」從口袋裡拿出來，把它交給大叔。

大叔雙眼發亮，仔細檢查「合身花生」。

「原來如此，原來是『合身花生』……這是新商品，教授一定會

很高興。原來如此，原來是這樣。」

「怎麼了？」

「不，沒事，和你沒有關係。這是你買的，所以當然該由你來打開。」

大叔擠出虛偽的笑容，把「合身花生」交還給陽司。

陽司一把搶過「合身花生」，雖然很在意大叔看自己的目光，但他還是撕破袋子，把裡面的花生拿了出來，然後「啪喀」一聲把殼剝開。

外殼完整的被剝成了兩半，裡面有兩顆飽滿的金棕色花生，簡直就像是放在珠寶盒內的寶石。

陽司忍不住吞了一口口水。

「好想吃，我現在就想吃。」陽司心想。

大叔可能是察覺了陽司的想法，立刻伸手拿走一顆花生。

「啊！」

「按照原本的約定，我們會保留一半作為樣本，還有，那個空袋子也請交給我，我會幫你丟掉。總之，剩下的一半歸你。好，你現在可以吃了。」

「好。」

陽司雖然對大叔的態度感到有點生氣，但還是拿起剩下的那顆花生放進嘴巴。

「喀滋喀滋。」輕輕一咬，濃郁的花生香氣立刻在嘴裡擴散。太香了，太有層次感了。即使用湯匙舀一匙花生醬放進嘴裡，也無法感受到這種滿足感。

把花生咬碎吞下去之後，陽司仍然陶醉不已。這時，大叔把一個信封遞到他手上。

「你做得很好，這是我們說好的打工費。啊，還有一件事，可以請你一個星期之後再來研究所一次嗎？」

「啊？為什麼？」

「因為我們要做一下問卷調查，這也是打工的一部分。如果有什麼需要討論的問題，不需要等一個星期，隨時都可以來找我。」

「是喔……」

「嗯，你現在可以離開了。啊，等一下，離開之前請把那個零錢袋還給我，因為你已經不需要了。」

陽司把零錢袋交還給大叔，便離開研究所搭上了公車。他在車上打開信封確認，裡面確實裝了五萬元。

「好猛！」

打工短短四天，而且工作內容也很簡單，竟然真的可以賺到五萬元。雖然那個大叔說話的方式有點討厭也有點可疑，但是能夠順利領到錢真是太好了。

「太幸運了！」陽司這麼想著，決定馬上去買衣服。

但是一到購物中心，他立刻又怯懦了。因為購物中心內人來人往，有很多服飾店，他完全不知道自己想買什麼樣的衣服，也不知道怎樣的衣服適合自己，可能又要花很長的時間選購了。

「那個男生一看就很土，從剛才開始就一直在這裡轉來轉去，這裡根本沒有適合他的衣服。」那些專櫃小姐一定會在心裡這樣偷偷嘲笑他。

但是他不能就這樣退縮，自己必須買到低調時尚的衣服，改天和女生聚餐時，才能讓那些女生覺得「嗯，那個人感覺很不錯」。

陽司下定決心踏進了購物中心，戰戰兢兢的探頭向賣男裝的服飾店張望。

「咦？」

陽司不停的眨著眼睛，這是怎麼回事？掛在店裡的那些衣服當中，有幾件發出金棕色的光芒。他揉了揉眼睛，但是那幾件衣服仍然在發光。

陽司忍不住走上前，拿起了發出光芒的衣服。那是一件銀色襯衫，領口和袖口是黑色的。雖然旁邊還有幾件相同的衣服，但是只有這一件散發出光芒。

「啊！是不是尺寸的關係？」發光的那件襯衫尺寸是M號，其他件不是S號就是L號，陽司合身的衣服幾乎都是M號。

「這該不會就是適合我的襯衫吧？」陽司興奮的準備試穿。

他走進試衣間換上襯衫。果然不出所料，襯衫非常合身，無論是袖子還是衣服的長度都剛剛好，領口也不會太緊，而且穿在身上

的感覺很舒服。他試穿之後，立刻就愛上了。

「這件襯衫很不錯，我要買這件。啊，我知道了，一定是穿起來很合身的衣服才會發光！」

陽司決定再試穿看看其他衣服。

深綠色的毛衣、格子襯衫，還有夾克。無論哪一件衣服都很合身，簡直就像是為他量身訂做的。雖然自己說有點不好意思，但是他穿在身上真的很好看。

果然跟他想的一樣。陽司太開心了，那些發光的衣服不僅尺寸剛剛好，顏色和款式也很適合自己。

只要看一眼就知道該買什麼，這樣的特殊能力真是太方便了，簡直是有如神助。

但是，自己為什麼會突然有這種能力？

「果然……是吃了『合身花生』的關係嗎？」

吃了零食就具有特殊的能力。雖然這件事聽起來很離譜，但這是唯一的可能。難道是那間名叫「錢天堂」的柑仔店，以及「合身花生」，這兩者都具備了難以形容的魔力嗎？

總之，這真是太好了。陽司為此露出了笑容。

「從今以後，挑選衣服就輕鬆了！無論是聚餐還是參加派對，以

後都不愁沒衣服穿了！」

陽司興奮的把一件又一件衣服丟進購物籃。

不過，一個星期過後，陽司再度造訪了六條研究所。那個研究員大叔滿面笑容的接待了他。

「嗨，原來是你啊。哎呀，你怎麼……」

大叔驚訝的瞪大了眼睛，陽司則害羞的低下了頭。

陽司今天穿的衣服很帥氣，在銀色襯衫的外頭穿了一件時尚的藏青色夾克，看起來帥氣有型。

但是完美的只有上半身而已。陽司下半身穿了寬鬆的牛仔褲，搭上很醜的黃色平價球鞋。上半身完美無缺，所以更顯得穿著完全不搭調。

大叔問他這是怎麼回事，陽司便滔滔不絕的發起了牢騷。

因為吃了「合身花生」，所以陽司能夠輕而易舉的找到適合自己的衣服。他興奮的買了好幾件衣服，每件都很合身，而且穿起來也很好看。

「原來是這樣，不都是好事嗎？」

「並沒有！我確實能買到很出色的襯衫和夾克，無論是平價的衣服或二手衣，甚至連網購都不會買錯。但是腰部以下的服裝，像是

長褲或鞋子就完全不會發光，我完全沒辦法分辨哪一個才合適！我無法相信店員，但是自己挑選又會被朋友嘲笑……」

「這樣啊。」

「會有這種情況，我覺得是因為我只吃了一顆『合身花生』，原因絕對是這個！畢竟原本不是有兩顆嗎？但我只吃了一顆，所以只會挑選上半身的衣服。」

大叔聽了陽司這番難以置信的話並沒有感到驚訝，也沒有露出無奈的表情，只是點頭表示同意。

「原來如此，『合身花生』的包裝袋背面寫著一定要吃兩顆，原來是指這件事啊。」

聽到大叔的話，陽司才發現原來這個大叔什麼都知道。他明明知道應該要吃兩顆「合身花生」，卻沒有告訴自己。

雖然很生氣，但他不能就這樣退縮。陽司拚命的拜託大叔：

「拜託你，把我那天給你的另一顆花生給我。拜託了，我一定會把領到的五萬元還給你！」

但是大叔露出了詭異的笑容。

「真是不好意思，那顆花生已經送去分析和實驗，早就沒有了。更何況已經碾碎的花生，你拿回去也沒用了。」

「怎麼會這樣……那可以讓我再次打工當神祕客嗎？拜託了，那次之後我也有自己去找『錢天堂』，但是完全找不到。我猜可能是需要那袋特別的錢，才有辦法找到那家店吧？所以請你再次僱用我，不付我薪水也沒關係。」

「嗯，不好意思，這也不行，因為同一個人不能連續當神祕客兩次。」

不行嗎？陽司失望的垂下了頭。

「你不必這麼失望。現在這樣也不錯啊，至少你上半身變得很時尚，身上的衣服也很好看，沒問題啦。」

「開什麼玩笑？只有上半身而已。」

「至少你很會挑選上半身的衣服啊。你的願望已經實現了，應該覺得自己很幸福。」

幸福？開什麼玩笑。

陽司在內心氣憤的咒罵。與其只有上半身看起來很時尚，還不如全身上下都很土。再過幾天就要和女生聚會了，到時候她們都會嘲笑自己。

唉，算了，反正已經知道不能靠這個研究所，只能自己去找「錢天堂」了。他要不惜一切手段，再次買到「合身花生」。

好，等一下就去找「錢天堂」。陽司離開研究所，飛快的跑了起來。

小田陽司，二十一歲的男人。平成二年的五百元硬幣。

4 某天晚上的錢天堂

「我有一種不祥的預感。」

「錢天堂」柑仔店的老闆娘紅子剛泡完澡，正一邊喝著咖啡牛奶一邊嘀咕。躺在她身旁的黑貓墨丸，聽到她這句嘀咕立刻抬頭「喵」了一聲。

「啊，墨丸，你的鬍子是不是也感應到了？就是啊，這陣子不時有奇怪的客人上門。」

「嗚喵。」

「沒錯，就是拿著白色和灰色格子的小袋子，裡面裝了很多零錢來店裡的那些人……上次來買『合身花生』的客人，他說的話一直在我腦子裡打轉。他們似乎是受到什麼人的委託，然後才拿到那個袋子。我總覺得是有人特別安排他們來『錢天堂』。」

紅子皺著眉頭喝咖啡牛奶。泡完澡後身體熱熱的，喝冰冰的咖啡牛奶最棒了，但是今天即使喝了咖啡牛奶，紅子仍然愁眉不展。

「真是讓人不開心，好像有肉眼看不到的東西在身上搔來搔去，讓人沒辦法安心。」

「喵嗚？」

「不不不，我會繼續做生意，只是要持續觀察一陣子……到底是誰，基於什麼目的，想要幹什麼？我要先搞清楚這些事情再行動。如果對方有惡意……到時候再來對付他。」

紅子露出笑容，帶著墨丸走去裡面的房間。

5 嘻哈爆紅花

小環是就讀小學三年級的女生，也許是因為體型有點胖，所以她很討厭運動，加上從小缺乏節奏感，舞蹈課對她來說簡直就是地獄。每次跳舞小環都手忙腳亂，連她自己都覺得很糗，其他同學看了，也忍不住偷笑，真的太痛苦了，根本就是一種折磨。

而且最近流行嘻哈舞，很多同學都特地去學。大家都跳得又酷又炫，所以更突顯出小環的笨手笨腳。

「我跳舞真的沒救了嗎？」

雖然她不想去舞蹈教室，但很希望可以稍微跳得像樣一點，她已經受夠了被同學嘲笑，每次心情都很沮喪。

這天早上，她走在上學的路上，忍不住嘆了一口氣。想到今天又要為了之後舉辦的運動會練習跳舞，她就很希望自己突然生病，這樣就可以請假不去學校。

「有沒有辦法發燒呢？」

她又嘆了一口氣，然後聽到「喵嗚」一聲貓叫。

她看向聲音傳來的方向，發現一隻大黑貓，牠身上的毛很有光澤，尾巴也很長。一雙大眼睛是清澈的藍色，感覺不是普通的貓。
那隻貓直視著小環，又「喵嗚」一聲，然後緩緩走進了岔路。
「跟我來。」小環覺得那隻貓似乎在對她這麼說，於是情不自禁跟了上去。她甚至忘了「必須去學校，不可以跑去其他地方」這件基本的事，轉身跟著黑貓走進了岔路。
黑貓慢條斯理的走在潮溼昏暗、安靜無聲的巷子內。小環跟在牠身後，內心緊張又期待。
「哇，感覺會發生很了不起的事。」
她的預感完全正確，黑貓帶她來到一家很神奇的柑仔店。

這家柑仔店充滿神祕感，而且超級吸引人，光是看一眼就令人陶醉不已。這家店散發出古色古香的味道，寫著「錢天堂」三個字的大招牌也很氣派，店門口陳列著各種閃閃發亮的零食，所有的一切都好像施了魔法般魅力十足。

這時，店內傳來了動靜，裡頭似乎有人，小環悄悄的探頭向店內張望。

她看到一個阿姨。那個阿姨的身材比小環更加豐腴，而且非常高大，但她穿了一件漂亮的紫紅色和服，頭上綁著白色頭巾的樣子，看起來很會打扮自己。

阿姨一邊擦拭貨架，一邊自言自語。

「哎喲，又有一隻，每次都不知道是什麼時候溜進來的。我的店不是你們住的地方，趕快搬去其他地方吧。」

阿姨一邊嘀咕，一邊把手伸進貨架深處，抓起一個看起來軟綿綿、光溜溜的黑色東西，然後把它丟進下方的籃子裡。

帶小環來這裡的黑貓，跑到阿姨的身旁叫了一聲。

「喵嗚。」

「啊，墨丸，你回來了，早上散步開心嗎？」

「嗚喵。」

「咦？有客人？」

阿姨抬起頭，這才發現小環。

「哎呀呀，有失遠迎。很抱歉，我剛才沒有發現你。沒錯沒錯，『錢天堂』已經開始營業了，請進，可以隨意挑選你喜愛的零食。」

阿姨說的話有點奇怪，但小環在她的笑容迎接下，默默的走進店裡。

「哇！好多零食。」

「對，『錢天堂』最引以為傲的，就是店裡的商品豐富多彩。啊，稍微失陪，我先收拾一下。」

阿姨說完，拿起了放在腳下的籃子，小環不經意的看向裡面。籃子裡有很多半透明的黑色東西，大小跟饅頭差不多，形狀也像饅頭一樣圓圓的，感覺跟果凍一樣Q彈，還有一對小眼睛。小環大吃一驚。原來這些東西都是生物，但是她以前從來沒有看過牠們。這種生物雖然有眼睛，卻沒有手和腳，也沒有嘴巴。

「這、這是什麼？」

「牠們沒有名字，不知道是不是喜歡我店裡的氣氛，不知不覺就住了下來，而且數量越來越多。雖然牠們不會搗蛋，但還是不希望牠們住在要賣給客人的商品旁邊，所以我每次都會把牠們抓起來放在外面。」

「這樣啊。」

「是啊，但是牠們還是會回來店裡。嗯，這件事不重要，請你慢慢逛。」

阿姨動作輕盈的拿著籃子走去後方，那隻黑貓也跟著她走了進去，看來是這家店的店貓。

店裡只剩下小環一個人，她環顧四周，發現牆壁旁的貨架上，還有柱子和天花板上都是滿滿的零食和玩具，她發現自己比去遊樂園玩的時候更加興奮。

好想買些東西回家，但是要買什麼呢？每一件商品都很有趣，看起來很好玩，她忍不住東張西望，看個不停。嗯？身上好像沒有帶錢！哇，這樣不就沒辦法買東西了嗎？

小環發現這件事的同時，目光被一款零食吸引了。

那是一個用紙做成的圓形容器，差不多像半顆足球那麼大，黃色蓋子上用奔放的字體寫著「嘻哈爆紅花」。

小環一看到這款零食，就覺得自己的呼吸好像停止了。周圍的聲音瞬間消失，她的眼中再也看不到其他零食，好像這個世界上只剩下「嘻哈爆紅花」。

色牛奶糖
天 錢 堂

小環用顫抖的手輕輕拿起「嘻哈爆紅花」。拿在手上的重量很輕，搖動時，裡面發出了「嘩沙嘩沙」的聲音，感覺裡面裝了許多小小的顆粒。小環覺得「嘩沙嘩沙」的聲音聽起來很悅耳動聽，好像在呼喚她：「把我買回家，把我買回家。」

「我當然要買！」小環這麼想著。她從來沒有這麼迫切的想要一樣東西，無論如何，她都一定要把「嘻哈爆紅花」占為己有。

這時，剛才的阿姨從後方走了回來。她已經拿下剛才包在頭上的頭巾，露出一頭雪白的頭髮和插在頭髮上的玻璃珠髮簪。小環發現自己看不出這個阿姨的年紀，完全不知道她究竟是很年輕還是上了年紀。

小環有點不知所措，但是阿姨面帶笑容的說：

「咦？你已經找到想要的商品了嗎？原來你想要『嘻哈爆紅花』啊，所以你希望自己也很會跳時下流行的快樂無限舞嗎？」

「快樂無限舞？」

「就是年輕人一邊叫著嗨吼、喲喲，一邊跳的那種舞，舞步看起來很歡快，所以我還以為那種舞步叫快樂無限舞。」

「呃……我想那應該叫嘻哈舞。」

但是這種事不重要。小環探出身體，拜託那個阿姨。

「我想要『嘻哈爆紅花』！但是我身上沒帶錢，我、我馬上回家拿錢，請你不要把這個賣給別人！拜託了！」

「哎喲哎喲。」阿姨露出鬆了一口氣的笑容。

「你說身上沒有帶錢，所以你並不是受到別人的委託才來到『錢天堂』的啊？」

「啊？」

「不，這件事和你沒有關係，你不必放在心上。你說你沒帶錢？不，不可能會發生這種事。」

「我、我真的沒帶錢！」

「你已經來到了『錢天堂』，就代表你身上一定有錢，而且是昭和四十五年的五元硬幣。」

「昭和四十五年的五元硬幣？」

「對，這是今天的幸運寶物，只有這個五元硬幣可以買這款『嘻哈爆紅花』。」

「但是，我身上真的連一元也沒有……啊！」

小環突然想起一件事。

幼兒園的老師曾經教他們自己做護身符，用五彩繽紛的漂亮繩子綁在五元硬幣上。上了小學之後，她一直把護身符放在書包的夾層裡，也許可以用那個五元硬幣。

她急忙從書包的夾層拿出護身符，然後確認了硬幣的年分，果然是昭和四十五年。

柑仔店的阿姨說對了，自己身上真的有錢，但是她怎麼會知道這件事？

雖然小環感到不解，但還是遞出用五元硬幣做的護身符。

「這、這個可以嗎？」

「沒問題，沒問題。」

阿姨很開心，小心翼翼的接過護身符。

「很好很好，那這包『嘻哈爆紅花』是你的了。對了，這款『嘻哈爆紅花』要用微波爐加熱後才能吃，如果你想馬上吃，我可以為你加熱，有需要嗎？」

「我想馬上吃！拜託你了！」

小環毫不猶豫的回答。

如果帶去學校被其他同學看到，很可能會被拿走，也可能被老師沒收，但她又不可能蹺課回家，因為媽媽在家裡一定會罵她：「你為什麼跑回家？為什麼不去上學？」所以最好的方法，就是在這裡吃掉。

阿姨說：「請稍等一下。」然後拿著「嘻哈爆紅花」走進店鋪後方。不一會兒，她聽到了聲音。

「噗、啪、噗。」

起初是很輕微的聲音，接著越來越大、越來越激烈。

「砰砰砰！噗啪噗啪！砰砰砰！」

激烈的聲音簡直就像是歡樂的音樂，光是聽到這種聲音，心情就愉快起來。不知不覺中，小環的身體開始隨著聲音打拍子。

聲音很快便靜止下來，阿姨拿著「嘻哈爆紅花」走了回來，但是原本蓋子的部分，變得好像蕈菇的菇傘一樣鼓了起來。

小環大吃一驚，阿姨笑著把「嘻哈爆紅花」遞給她。

「好了，已經為你加熱完成了，只要把蓋子撕下來，馬上就可以食用，但是在吃之前，記得先看背面的說明書，才能夠更充分享受跳舞的樂趣。謝謝惠顧。」

阿姨笑著目送小環昏昏沉沉的走出柑仔店。走在昏暗無聲的巷子內，她的眼睛一直盯著手上的「嘻哈爆紅花」。

她起初只是對整盒「嘻哈爆紅花」都膨脹起來感到很驚訝，但是卻越看越入迷。而且「嘻哈爆紅花」還散發出味道，使整個盒子充滿美味的香氣。

小環再也無法克制自己，她在巷子中央停下腳步，接著撕開了紙蓋。盒子裡裝著的是——

「爆米花！」

原來是爆米花。每顆都很大，而且整盒爆米花分量十足。

小環明明才剛吃過早餐，馬上又覺得肚子餓了。她立刻把一顆爆米花放進嘴裡。

「哇啊啊，太好吃了！」

爆米花帶著鹹味和濃濃的奶油味，獨特的香脆口感也讓人欲罷不能。

　　小環完全停不下來。起初她是一顆一顆的吃，最後卻忍不住抓起一大把往嘴裡塞。她吃了一口又一口，仍然無法滿足，一心想著還要再吃。

　　轉眼之間，原本一大盒爆米花被她吃得一乾二淨。

　　小環難過的舔著沾到鹽的手指。吃完了，但是她還想吃。這種爆米花不知道是在哪裡生產的？不知道能不能網購？

　　小環拿著「嘻哈爆紅花」的紙盒翻來翻去，想知道上面有沒有寫生產的廠商，卻發現紙盒背面寫了字。

想要舞步精湛、當上舞者的你，只要吃了「嘻哈爆紅花」，就可以成為嘻哈舞高手，瞬間爆紅。但是，如果你也希望學會跳其他舞種，就不能一口氣把爆米花吃完！先吃一半，等一個小時之後，再把剩下的另一半吃完，這樣就可以更加樂在跳舞的世界！Check it out，一起來跳舞吧！

小環忍不住大吃一驚。她想起柑仔店阿姨對她的叮嚀，要她先看說明書，原來是這個意思。

「算了，反正我已經吃完，現在後悔也來不及了，而且除了嘻哈舞，我也沒必要學其他舞蹈……但是，不知道是不是吃了這包爆米花的關係，我突然很想跳舞。」

她覺得身體內好像響起了動滋動滋的音樂聲，自己似乎真的變成了舞蹈高手，她忍不住露出了笑容。

而且這盒「嘻哈爆紅花」的美味會讓人上癮，無論如何，她都希望可以再吃一次。嗯，那就回去柑仔店對那個阿姨說：「我要買更多『嘻哈爆紅花』，晚一點會把錢送過來。」

但是，當她沿著剛才的路走回去的時候，發現自己很快就走出了巷子，而且她就讀的小學就在眼前。

小環這次真的說不出話了。照理說，沿著巷子直走就可以抵達剛才那家柑仔店，但是沒想到根本還沒看到那家店，她就直接走出了巷子。為什麼？那家店消失了嗎？剛才明明還在啊。

小環打算走回去再找一次，但是她聽到了學校的鐘聲，「噹叮噹咚！」

「哇，慘了！快遲到了！」

小環決定放棄尋找柑仔店，急忙跑進學校。

在學校時，她像平時一樣上課。

國語、自然、數學。然後，第四節是體育課。

小環換上運動服，在走去體育館的路上，內心七上八下。

「不知道會怎麼樣？今天又會被大家嘲笑嗎？不不不，一定沒問題，我已經吃了『嘻哈爆紅花』，一定可以輕鬆搞定。」

她在心裡這麼告訴自己。

開始上體育課的時候，老師對大家說：

「現在請各組輪流表演目前為止教過的動作，首先是第一組，你們先來。」

在老師的要求下，同學輪流表演。

「第三組很不錯，你們的動作越來越有默契了。接下來是第四組。」

小環忍不住緊張起來，終於輪到她了。

小環一站起來，周圍立刻響起竊笑的聲音。大家都知道她跳舞經常同手同腳，所以都等著看好戲。

小環發現自己的臉立刻紅了起來，同時感到憤怒極了。

「我也不希望自己的舞蹈程度這麼差！我一定要爭一口氣！」小環心想。

「那就開始嘍。一、二、三！」

隨著老師一聲令下，富有節奏感的音樂開始播放。

小環立刻感覺到自己體內湧現了某種力量。這是怎麼回事？感覺好暢快！

轉眼之間，她已經不在意周圍同學的眼光，音樂貫穿了她的身體，手和腳自動跳起舞來。

小環在這一刻變成了舞者。雖然她的動作和其他人一樣，但她每一個動作都比別人更精湛到位，大家的目光都集中在她身上。

音樂結束時，小環差一點抱怨：「我還想繼續跳！音樂為什麼停了？」

這時，她才終於回過神，看著周圍的同學。

所有人都看著她，但是沒有任何人嘲笑她，大家都露出驚訝的表情，還有同學瞪大了眼睛，就連老師也張大嘴巴說不出話。

小環就這樣在一天之內成為「舞蹈高手」，贏得了大家的尊敬。

「小環，這是怎麼回事？你為什麼突然變得這麼會跳舞？」

「你有去舞蹈教室學嗎？」

「你再跳一次剛才的舞步，我也想學。」

再也沒有任何同學看不起她了，大家紛紛央求她多跳一點。

小環對自己充滿自信，現在整天都很期待在體育課時跳舞。一方面是因為大家都會看著她的舞姿，覺得她「太厲害了」，但更重要的是，她跳舞的時候全身充滿了節奏感，那種暢快的感覺，讓她很想連續跳上好幾個小時。

有一天，老師悄悄對她說：

「猿渡環同學，最近要舉辦業餘舞蹈比賽，你想不想參加？」

「我去參加舞蹈比賽嗎？」

「對，我相信你可以有出色的表現，而且任何事都是挑戰，你想不想挑戰一下？」

小環點了點頭。

她知道這個舞蹈比賽，因為她曾聽到那幾個之前看不起她，外形亮麗的女生在討論這件事。她們在知名的舞蹈教室學了好幾年，發誓要在這次比賽中獲得冠軍。

小環想要給那幾個女生下馬威。她一定要在眾人面前表演自由靈動的舞蹈，讓她們的舞蹈相形失色。自己有了「嘻哈爆紅花」的力量，一定不會有問題。

於是，小環開始挑選參加比賽的音樂和服裝，每天都忙得不亦樂乎。她用攝影機拍下自己跳的舞，然後思考怎麼改進才能讓舞姿更加瀟灑帥氣，每天都樂在其中。

雖然知道是「嘻哈爆紅花」的功勞，但她對自己熱愛跳舞這件事感到有點驚訝。

不久後，小環在舞蹈比賽中大獲全勝。

身材微胖的女生，跳舞時靈活而富有動感，這種反差大受觀眾的好評，而且她的舞蹈本身無懈可擊，評審也一致認為冠軍非小環莫屬。

觀眾席中，也有電視臺的工作人員。幾天後，他們聯絡了小環，邀請她參加「好吃驚小學生」這個節目。小環上了這個節目後迅速爆紅，受到各種表演的邀請。

小環很快就成為小有名氣的童星。

「小環超可愛！」

「好厲害！」

她無論到哪裡都大受歡迎，不僅到很多地方出外景，還上了綜藝節目。

小環每次都很慶幸自己吃了「嘻哈爆紅花」。

有一天，電視臺的人邀請她參加「兒童國標舞頂尖決戰」。

「我們會邀請擅長跳舞的小朋友參加頂尖決戰，請你們跳各種不同的舞，根據總分決定第一名。小環，你想不想挑戰看看？雖然這次是和舞伴一起跳舞，但你的節奏感很強，也很有品味，我相信任

何舞蹈都難不倒你。」

聽了電視臺節目製作人說的話，小環二話不說就答應了。她的男舞伴很帥，而且她相信參加比賽之後，自己一定會更紅。

沒想到參加培訓之後，她才發現情況很不妙。

森巴舞、捷舞和恰恰這種快節奏的舞完全難不倒她，但每次跳華爾滋、狐步舞這些慢節奏的古典舞蹈，她的腳就好像打了結，經常踩到舞伴的腳，或是旋轉失敗跌倒在地，讓她感到很挫折。

而且電視臺還把他們練舞的過程全都拍了下來，準備在電視上播出。

小環心情很沮喪，好不容易擺脫了舞痴的汙名，這下子又會被說成是小豬在跳舞，遭到眾人的取笑，而且這次是全國觀眾都會看到自己的糗樣。

每次想到這件事，她就食不下嚥。

只不過這件事太奇怪了，為什麼自己學不會那些慢舞？即使在吃「嘻哈爆紅花」之前，她的表現也沒這麼離譜。

「啊！就是因為『嘻哈爆紅花』！」

沒錯，「嘻哈爆紅花」的說明書上不是明確的寫著，如果想學會跳其他舞種，就不能一次吃完，要分成兩次食用嗎？一定是因為自己一口氣吃光了爆米花，所以只會跳快節奏的舞。

「嗚嗚，我闖禍了。早知道這樣，我絕對不會參加那個節目。」

但是，現在後悔已經來不及了，距離節目在電視上播出的日子越來越近，小環懊悔不已，忍不住抱住了頭。

半個月後，大街小巷都可以聽到這樣的討論。

「啊，小環上雜誌了。她最近太紅了。」

「我看看，喔，原來是她，我上次有看到她上綜藝節目，那次她表演的舞蹈太爆笑了。」

「我也看了、我也看了，雖然糟得很離譜，但很有個性，我馬上被她圈粉了。」

「我也是。」

沒錯，小環參加那個節目後，人氣扶搖直上，完全出乎她的意料。她跳華爾滋時笨拙的舞姿，反而讓她迅速竄紅，接到了更多節目請她去跳舞的邀約。

如今，小環在電視上同時展現出兩種不同的身影。在用出神入化的快舞迷倒觀眾的同時，她也以手忙腳亂的笨拙舞姿博得觀眾的笑聲。

「反正我現在很紅……我還是覺得當初一口氣吃完『嘻哈爆紅花』做對了。」

小環決定這麼想。

猿渡環，九歲的女孩。昭和四十五年的五元硬幣。

6 搶先看眼鏡

「未完待續，請看下一期。」

龍介專心的看著雜誌，但是被最後的這句話打敗了。

「嗚啊啊啊！又是未完待續，我正看到精采的地方耶！在這種地方結束，簡直就是折磨！」

即使他大叫或滿地打滾，仍然沒辦法知道漫畫的後續發展。他很清楚這一點，卻還是忍不住大叫。

目前就讀中學二年級的龍介，很迷《黃昏王》這部漫畫。

主角原本只是普通的少年，其實體內流著幻獸王的血，被迫捲入了繼承王位的爭奪戰。在爭奪的過程中，少年漸漸發揮了隱藏在體內的力量。漫畫中持續出現一個又一個帥氣的角色，讓龍介完全陷入這個充滿激烈戰鬥和巧妙背叛的世界，無法自拔。他不光買了整集的漫畫，還搶先看了雜誌《青春世代》上連載的內容。

但是，連載每次都在最精采的地方出現「未完待續，請看下一期」這行字。

這次的連載內容，暫停在發現主角吉雷有一個哥哥是黑暗精靈的地方，那個哥哥和吉雷之間會發生怎樣的故事，會不會和吉雷爭奪王位？他迫切的想知道後續發展，整個人坐立難安，但在下個月雜誌上市之前，都沒辦法知道之後的劇情。

龍介就像一直等不到主人餵飯的狗一樣，焦急不已。

「可惡！我好想一口氣看完結局！」

他心煩意亂，完全不想寫功課。

龍介決定去他喜歡的漫畫店逛逛。那家店除了賣漫畫，還有很多公仔、周邊商品和遊戲，也許會有新推出的《黃昏王》周邊商品。雖然剛買了雜誌，手上沒有太多錢，但他還是決定去看看。

龍介把錢包放在口袋裡，騎著腳踏車出門了。他像往常一樣經過大馬路，在郵局旁邊的街角轉了彎。

但是，他突然看到一條巷子。

「也許從這裡穿過去是捷徑。」他突然產生了這樣的想法，於是把腳踏車騎進巷子內。

那條巷子格外安靜，明明是白天，巷子內卻很昏暗，籠罩在一片灰色之中，簡直就像闖入了另一個世界。龍介覺得自己好像進入了迷宮，心情越來越興奮，「未完待續，請看下一期」對他造成的打擊也漸漸消失了。

當他看到一家柑仔店出現在巷子深處時，他已經把《黃昏王》的事完全拋在腦後。

那家店的招牌上寫著「錢天堂」三個字，簡直就像是一家魔法商店。店面陳列著他從來沒有看過的零食和玩具，就像是遊戲中會出現的寶物。

「太、太猛了！」

龍介倒吸了一口氣，停下腳踏車，走進店內。

店內擺放著更多零食，每一款零食都很有存在感，好像在大聲吶喊著：「看我、看我。」但是比起這些零食，後方櫃臺內的老闆娘更加有存在感。

穿著紫紅色和服的老闆娘又高又大，有著一頭白雪般的頭髮，擦著鮮紅色口紅的嘴脣令人印象深刻。雖然她露出了親切的笑容，感覺卻充滿威嚴。

龍介忍不住想起《黃昏王》裡出現的「黑夜馬戲團」女團長。那個女團長也像眼前的老闆娘一樣，渾身散發出強烈的氣勢，震懾了主角吉雷。

龍介不由得緊張起來。這時，老闆娘慢條斯理的開了口：

「幸運的客人，歡迎光臨，歡迎你來到『錢天堂』，我是老闆娘紅子，正在等待你的大駕光臨。」

「等、等我？真的嗎？」

「當然是真的。來來來，你可以好好參觀一下店裡的商品，也可以由我為你尋找想要的商品。請問你有什麼想實現的心願嗎？」

龍介感到頭昏腦脹。老闆娘甜美的聲音，好像慢慢滲進了他的身體，當他回過神時，發現自己已經脫口而出：

「我想趕快看到續集，我受夠了漫畫每次都吊讀者的胃口，我想趕快看到連載漫畫後面的故事內容。」

「原來是這樣，所以你很好奇之後的劇情，等不到下一次出版的日期。我非常能夠體會你的心情，因為我也是《白貓探索魔界》的忠實讀者，整天都在引頸期盼第十三集出版上市，但是等待也是一種樂趣。」

「請問……」

「哎呀，我真是太失禮了。沒問題，本店有完全符合你需求的商品，我這就拿給你。」

老闆娘很有自信的說完後，從貨架上方拿了一樣東西下來，遞到龍介面前。

那是一副隨處可見的玩具眼鏡，鏡片和鏡框都是塑膠做的，而且鏡框的顏色是很廉價的綠色。

但是，龍介一看到這副眼鏡，就好像有一股電流貫穿他的身體。

「我想要！」他的內心強烈湧現出這種想法。

「這、這個……」

「是，這個商品叫做『搶先看眼鏡』，是本店的出色商品。只要戴上這副眼鏡看雜誌，就可以看到目前還沒發表的未來劇情，你只要戴上這副眼鏡，就可以看到你想看的漫畫後續發展。」

「真、真的嗎？我要買！我要買這副眼鏡！」

「價格是五十元。」

龍介太驚訝了。這麼神奇的商品，竟然這麼便宜！

老闆娘該不會是在吹牛，故意調侃自己吧？不，不可能，因為自己可以感受到這副「搶先看眼鏡」具有神奇的力量，這是很超值的商品，絕對非買不可。

龍介用發抖的手拿出錢包，找出一枚五十元硬幣遞給老闆娘。

老闆娘開心的笑著說：

「看來今天的幸運客人沒有小袋子。」

「小袋子？」

「不，沒事。好，今天的幸運寶物是平成五年的五十元硬幣。很好很好，那就請收下『搶先看眼鏡』。」

「謝謝、謝謝你！」

「但是，即使用『搶先看眼鏡』看到了後續內容，在正式出版之後，也一定要購買，不可以因為已經看過了，就不想買書支持。除非你想遭到懲罰……」

「喔喔，好啦好啦。」

龍介心不在焉的回答，從老闆娘手中接過了「搶先看眼鏡」。

「這真是太厲害了，太棒了。好想趕快試一試。」他滿腦子都想著這件事。

龍介衝出柑仔店，騎上停在門口的腳踏車，飛快的回到家。他衝進自己的房間，拿起了《青春世代》雜誌。

「拜託了！一定要讓我看到後面的故事！」

龍介祈禱完後，戴上了「搶先看眼鏡」，翻到《黃昏王》的部分，開始隨手翻閱起來。當他翻到最後一頁時——

「啊？」

龍介懷疑自己看錯了，因為原本寫著「未完待續，請看下一期」的地方，竟然變成了「要繼續看嗎？」

他急忙拿下眼鏡，發現書頁上的文字又恢復成原本的「未完待

續，請看下一期」，但是，當他戴上「搶先看眼鏡」時，文字又變為

「要繼續看嗎？」

龍介用力吞著口水。

「要啊，要看啊，當然要看啊。」

他小聲嘀咕著，輕輕翻開下一頁。

「《黃昏王》第六十五回……太、太棒了！讚啦！」

龍介忍不住大聲叫了起來。

這絕對就是《黃昏王》的續集。他一直很好奇的黑暗精靈哥哥真的出現了，故事很快便進入高潮。

龍介忘我的看了起來。

他幸福得快流淚了。應該還沒有人看過這些故事，搞不好就連作者也還在畫，自己竟然可以搶先看到內容，簡直令人難以置信。

而且還有更令人高興的事。

看完第六十五回時，再次出現了「要繼續看嗎？」這行字。當他翻開下一頁時，居然出現了下一回，也就是第六十六回的內容。

「太猛了！我該不會可以一口氣看到完結篇吧？哇，超厲害！太厲害了！」

這一天，龍介廢寢忘食的沉浸在《黃昏王》的世界。即使過了

吉雷！！！
黑暗精靈的
要繼續看嗎？
青春世代
「黃昏王」
大受好評的卷首彩頁
新連載
月刊
青春世代
手機遊戲登

深夜，他仍然躲在被子裡繼續閱讀。

然而，從第兩百五十三回開始，《黃昏王》的劇情發展越來越詭異。該怎麼說呢？歹戲拖棚的感覺越來越強烈，戰鬥的場景沒完沒了，故事遲遲沒有進展。

龍介很喜歡的角色死了，而且圖也畫得越來越粗糙。到了第三百二十二回，原本的設定已經完全走樣了。

「好像越來越難看了。」

但是事到如今，龍介不能輕易放棄，於是他繼續看了下去。

然後……

到了凌晨五點半，他終於看完了最後的第五百八十四回。

當他看完最後一頁，闔上雜誌時，忍不住把雜誌丟了出去。

「搞什麼啊！哪有這種爛尾的劇情！拖拖拉拉打了這麼久，很多事都沒有解釋，然後就突然結束了！真是令人火大！」

因為熬夜看漫畫，他的眼睛和頭都很痛，心靈上受到的打擊更是沉重。

這就是自己之前期待不已的《黃昏王》結局嗎？為什麼會這樣？是從哪裡開始荒腔走板的？

他再次撿起雜誌，想要重新看一次，但是他翻遍了整本雜誌，都看不到《黃昏王》之後的故事，只能看到第六十四回，剛才看過的那些後續內容完全消失了。

「搶先看眼鏡」似乎只能看一次後續的故事。

「怎麼會這樣！真是氣死人了！」

龍介再次把雜誌丟了出去。

那天之後，龍介對《黃昏王》完全失去了興趣。因為他已經知道，雖然目前的劇情還很有趣，但之後會越來越鬆散無聊，而且結局慘不忍睹。他之前把所有的零用錢都拿來買《黃昏王》的周邊商品，現在他覺得自己實在太蠢了。

「唉，夠了夠了，我已經對《黃昏王》敬謝不敏了。我打算來追《密林廚師》。」

龍介嘟囔著，決定尋找自己喜歡的漫畫。

四個月後，《黃昏王》的最新一集——第九集上市，涵蓋了第六十二回到六十八回的漫畫內容。龍介當然沒有買書，因為他對《黃昏王》已經失去了興趣，而且也不想再花錢買劇情發展越來越無聊的漫畫。

有錢買這麼爛的漫畫，還不如去買齊目前讓他愛不釋手的《陰沉的龍使者》。當然，龍介也已經用「搶先看眼鏡」看完之後的劇情，這部漫畫從開始到結尾都很有趣，他想要收藏整套作品。

「好，那就決定繼續買《陰沉的龍使者》……接下來要看哪一套漫畫呢？我很想再看一次《修羅場號飛艇》後面的故事……『搶先看眼鏡』雖然很方便，只可惜沒辦法再看第二次。」

就在他產生這種想法的時候，發生了意外事件。

有一天早上，龍介走進教室時，發現同班同學時生正在津津有味的看著《黃昏王》第七集。

他忍不住同情時生。真可憐，竟然花錢買那種漫畫，簡直是浪費零用錢。

龍介出於好心，開口對時生說：

「你在看的《黃昏王》，之後會越來越無聊。」

「啊？你在說什麼？」

「我沒騙你，之後吉雷的黑暗精靈哥哥就會出現，那傢伙是超級大壞蛋，派龍四兄弟去殺吉雷，還想讓蜘蛛男爵夫人吃掉吉雷，總之，他千方百計想要假借他人的手幹掉吉雷。」

「喂！你給我閉嘴！我還沒看第八集和第九集，不要爆雷。」

「我不是說第八集和第九集，而是在說之後的劇情。」

「什麼？」

「雖然吉雷費了九牛二虎之力打敗了哥哥，但又有其他兄弟出現，後來還舉辦了比武大賽，說要成為冠軍才能繼承王位。之後就一直打個不停，最後吉雷莫名其妙就贏了，但是他的周圍連半個人都沒有，因為所有人都被吉雷殺光了。這部漫畫的結局，就是在空無一人的王國裡，吉雷終於坐上了王位，你說這故事是不是超無聊？」

龍介滔滔不絕的說著用「搶先看眼鏡」看到的後續故事，但是時生聽了仍然不相信。

「那只是你自己亂想出來的結局吧？我正看得起勁，你別掃我的興。」

「我沒騙你，最新一期的《青春世代》明天就要上市了，我把明天上市的《黃昏王》內容告訴你。吉雷的哥哥派來了暗殺者，吉雷中毒後，情況很危急，結果他砍掉手臂後裝上了義肢。我不會騙你，絕對就是這樣的內容。」

「萬一不是這樣呢？」

「那我請你吃飯，你可以在家庭餐廳隨便點。」龍介表現得胸有成竹。

隔天，龍介走進教室時，時生已經來了，他的手上拿著最新一期的《青春世代》。他似乎是一大早就去買了。

「嗨，時生，怎麼樣？你已經看了最新的內容嗎？」

「嗯，劇情和你說的一樣。但你怎麼會知道故事情節？你怎麼知道還沒有上市的內容？」

「這是祕密，總之，你現在知道我沒有騙你了吧？我勸你不要再買《黃昏王》，這部漫畫之後絕對會越來越無聊。」

「王、王八蛋！」

時生突然撲向龍介，氣得滿臉通紅。

「你、你幹麼？」

「你給我閉嘴！我一直很期待買《黃昏王》！我很興奮的想要看之後的發展，但是被你爆了雷，我無法再像以前一樣樂在其中了！」

「什、什麼嘛！我好心告訴你，沒想到好心沒好報。」

「你還敢說！」

「喂，你、你不要這麼激動。我錯了，我向你道歉。」

「我才不原諒你。」

時生的眼睛發出異樣的白色光芒，簡直就像被野獸的靈魂附身，而且他的額頭浮現出奇怪的紅色圖案。

啊！這不就和《黃昏王》當中出現的「憤慨狂戰獸」狀態一模

一樣嗎？

龍介大吃一驚，但時生的拳頭已經打中了他的下巴。

最後，龍介被打得很慘，還答應時生，之後每一集《黃昏王》上市後都會買來送他，直到最後一集完結為止。

龍介不敢拒絕時生的要求。因為時生的樣子很不尋常，而且班上的同學完全沒有人幫龍介。

就連剛進教室的老師，起初看到龍介被打得鼻青臉腫，忍不住大吃一驚，但在得知理由之後，就露出了冷漠的表情。

「喔喔，如果是因為爆雷被打，那就只能認了，這是自作自受。

各位同學，早上的班會要開始了，大家回到自己的座位上。」

「老、老師……」

「龍介，你不要一直站在那裡，趕快去坐好。」

班上完全沒有人幫龍介，大家都對他漠不關心。

太奇怪了，大家簡直就像是中了魔法。為什麼？該不會是「搶先看眼鏡」造成的吧？難道有規定一旦把用「搶先看眼鏡」看到的內容說出來，就會被當成壞蛋嗎？不，怎麼可能會有這麼荒唐的事？

但是，無論是時生的樣子，還是班上完全沒有人出手幫忙的情況，都讓龍介覺得原因出在「搶先看眼鏡」身上。

「啊……」龍介終於想起當初買「搶先看眼鏡」時，柑仔店的老闆娘好像有提到「懲罰」這件事。

龍介歪著頭努力回想。

「沒錯，我記得她當時說過，即使用『搶先看眼鏡』先看到了新的內容，在正式出版之後也一定要購書支持，不可以因為已經看過了，就不想買。」

龍介看完《黃昏王》的結局，但是當新的《黃昏王》續集上市時，他根本沒買。因為他用「搶先看眼鏡」搶先看過劇情，知道之後的發展會越來越無聊。

難道是因為這樣，自己才會被逼著答應時生買下一整套漫畫送給他嗎？

雖然聽起來很荒謬，但他認為這是唯一的解釋。

「可、可惡……」

龍介摸著疼痛的身體，恨死了柑仔店的老闆娘。

早知道這樣，就不買「搶先看眼鏡」了，那個老闆娘竟然推薦自己這種爛東西，真的太壞了，王八蛋！《黃昏王》有五百八十四回，總共七十幾集，既然已經答應時生要買整套漫畫給他，不就代表要放棄很多自己想要的東西嗎？

龍介的內心感到很後悔。

相同的時刻，在「錢天堂」柑仔店內，老闆娘紅子聽到了輕微的「嘎答嘎答」聲。

「哎喲，幸運寶物變身了，不知道會變成招財貓還是不幸蟲呢？」

紅子急忙拿出巨大的寶藏箱，打開了蓋子。寶藏箱內裝滿了小瓶子，每一個小瓶子內都裝著一枚硬幣，其中一個瓶子晃動著，發出了「嘎答嘎答」的聲音。

紅子拿起那個瓶子，原本興奮的臉上露出了失望的表情。

「真可惜，這次變成了不幸蟲。這也無可奈何，走吧，你就遠走高飛吧。」

紅子打開小瓶子的蓋子，把裡面那隻大眼睛的黑色蟲子放了出來，蟲子立刻就飛走了。

紅子嘆著氣，黑貓墨丸走過來安慰她。

「喵啊？」

「呵呵，墨丸，你真是貼心的孩子。我沒事，只是有點失望而已。」

封

「喵嗚？」

「對，剛才那隻不幸蟲，是買了『搶先看眼鏡』的客人支付的幸運寶物，八成是他沒有買下用『搶先看眼鏡』看過的作品，才會變成這樣。原本他會買那些漫畫，結果因為搶先看了劇情覺得『我不想買』，這種投機心態當然行不通啊。如果讀者都是這種人，漫畫家就沒有收入，出版社也會對漫畫家說：『因為銷量不好，所以不繼續連載了。』」

為什麼他搞不懂這些道理呢？紅子搖著頭，把墨丸抱了起來。

「既然變成了不幸蟲，就代表那個客人受到了懲罰，真是自作自受。」

「喵嗚。」

「呵呵呵，你真是乖孩子。啊！今天是《白貓探索魔界》續集上市的日子！我要在書賣完之前趕快去買。墨丸，店裡就交給你了。」

紅子放下墨丸，急急忙忙衝了出去。

曾田龍介，十三歲的男生。平成五年的五十元硬幣。

7 識人儀

「唉！」夏夢忍不住嘆氣。

春假即將結束，下個星期就要開學了。對夏夢來說，這次不是普通的新學期，因為她升上了三年級，所以要重新分班，必須和同窗兩年的同學分開，她為此感到有點不安。

不知道能不能和好朋友分在同一個班級？可能會沒有朋友和自己同一班，如果是這樣，不知道能不能交到新朋友？

每次思考這些事，她就會忐忑不安。

「如果你這麼不安，那爸爸送你一樣好東西。」爸爸見狀，這麼對她說，「來，你可以把這個帶在身上。」

爸爸給她一個小袋子。夏夢接下小袋子後大吃一驚，因為袋子雖然很小，但拿在手上沉甸甸的，而且很鼓。

「裡面是什麼？」

「裡面是錢，但這並不是給你的零用錢。」

爸爸突然露出嚴肅的表情。

「你聽好了，這些錢絕對不可以在普通的商店裡使用，只能在一家名叫『錢天堂』的柑仔店用。」

「錢天堂？」

「沒錯，有一家店就叫這個名字。只要把這個小袋子帶在身上，就有機會找到『錢天堂』，到時候，你的煩惱就會消除了。」

「爸爸，我快三年級了，怎麼可能相信這麼幼稚的事？」

「夏夢，爸爸並沒有在開玩笑，這個世界上，真的有一間叫『錢天堂』的神奇柑仔店。」

「好啦好啦，你說得都對，那我就把錢收下了。」

夏夢沒大沒小的回答，但其實她內心稍微有一點相信了。

爸爸這個人很務實，甚至在夏夢七歲的時候就對她說「世界上根本沒有聖誕老人」這種話。爸爸從來不開玩笑，個性嚴肅認真又頑固。既然他斷言「真的有神奇柑仔店」，搞不好這件事是真的。

後來夏夢出門時，都會把那袋錢放在皮包裡。

直到開學典禮的前一天，夏夢出門散步，發現自己走進一條陌生的巷子，兩旁都是高樓大廈，抬頭看向天空，發現天空變得很遙遠，自己好像身處裂縫的底部。

但是，她並沒有感到害怕，因為夏夢聽到有人在叫她。

「來這裡，來這裡喲。」

她被無聲的聲音吸引，走進巷子內，然後來到一家古色古香的柑仔店前。

當她看到那家柑仔店時，忍不住大吃一驚。並不是因為柑仔店上掛了一塊寫著「錢天堂」的漂亮招牌，而是因為店裡有許多誘人的零食，像是「撒嬌脆棒」、「絕不浪費梨」、「貘貘最中餅」、「寬鬆牛奶糖」、「平衡麵包脆餅」、「明星柿餅」、「吝嗇鬼櫻桃」、「安全仙貝」等。

除了零食以外，還有像是「忍耐鉛筆」、「剛剛好口金包」、「答錄機蝸牛貼紙」、「駱駝輕鬆符」、「脫困陀螺」、「護身貓」、「虛擬徽章」……等玩具和文具。

接著，夏夢看到了一件很神奇的東西。

這個東西外觀看起來像是手錶，但是銀色的錶面上只有一根指針，那根針不停的轉動，而且錶面上也只有「十」和「一」這兩個符號，從某種意義上來說，設計非常簡單，錶帶上的標籤寫著「識人儀」三個字。

撲通撲通，夏夢心跳加速。雖然她完全不知道「識人儀」的功效，但是只看一眼她就想要把那只錶占為己有。

「我無論如何都要得到它。我想要、我想要、我想要！」

當她在內心大喊的同時，一個高大的阿姨慢條斯理的從裡面走了出來，豐腴的身體穿著一件古錢幣圖案的和服，一頭白雪般的頭髮高高挽起，上面插了許多閃亮的玻璃珠髮簪。

雖然阿姨看起來很有威嚴，但說話的聲音很甜美。

「幸運的客人，歡迎光臨，歡迎你來到『錢天堂』。我是老闆娘紅子，真心歡迎你。」

原來這個阿姨是老闆娘，名叫紅子。雖然她說話有點奇怪，但對夏夢來說，這種事完全不重要。她指著「識人儀」，大聲的說：

「我要買這個！請問要多少錢？」

「喔喔，原來你要『識人儀』。」

夏夢發覺老闆娘雙眼一亮。

「這個玩具很方便，問題在於你是否相信『識人儀』的啟示。」

「啟示？」

「喔喔，恕我失禮，因為『錢天堂』專門販賣客人真正想要的東西，請你忘了我剛才說的話。呵呵，這個『識人儀』的價格是十元，但請你用昭和五十年的十元硬幣支付，其他的錢幣都不行。」

夏夢急忙看了看自己的錢包，但是卻找不到昭和五十年的十元硬幣，可是老闆娘斬釘截鐵的說：「你一定有。」

就在夏夢感到不知所措的時候，突然想到了爸爸給她的小錢袋。那個袋子裡可能會有。

當夏夢拿出那個袋子時，老闆娘輕輕嘆了一口氣。

「你也有這個袋子嗎？」

「咦？不可以用這個袋子嗎？」

「啊，不，不是這樣……請問你是從哪裡拿到這個袋子的？」

「這是爸爸給我的。」

「你爸爸給你的？」

「對，爸爸是在研究所工作的研究員，他研究很多事，也發明很

萬歳起司棒
安全仙貝

多東西。」

夏夢得意的回答，同時打開了袋子。袋子裡裝著很多零錢，難怪會這麼重。

「但是這麼多零錢，要找出那個年分的硬幣太難了。請問我可以把錢都倒在櫃臺上嗎？」

「我可以幫你找，請恕我失禮。」

老闆娘探頭看向袋內，毫不猶豫的拿出一枚十元硬幣。

「就是這個，昭和五十年的十元硬幣是今天的幸運寶物，看吧，我就知道你有。」

「是、是啊。所以這個『識人儀』可以給我了嗎？」

「當然可以，這已經屬於你了。『識人儀』方便好用，但也很容易擾亂心緒。總之，如果能夠相信『識人儀』，就是你的勝利。」

老闆娘說的話有點莫名其妙，她可能是個奇怪的人。

夏夢忍不住有點害怕，她緊緊抓住了「識人儀」，逃跑似的離開了柑仔店。跑到巷子後，她仍然繼續奔跑，轉眼之間，就來到了熟悉的大馬路上。

來到大馬路，應該就沒問題了。

夏夢停下腳步，仔細打量手上的「識人儀」。這個東西看起來很便宜，既不是手錶，也不是指南針，但是為什麼這麼吸引自己？

夏夢把寫著「識人儀」三個字的標籤翻了過來，然後發現上頭用很小的字寫了以下的內容：

「識人儀」是很方便的工具，利用這個工具，馬上就可以知道遇到的人對自己來說是好人還是壞人。首先把「識人儀」戴在手腕上，然後悄悄把「識人儀」對準想要鑑定的人。當指針指向十時，就是好人；如果指向一，就是壞人。或許你能因此發現意想不到的人是自己的朋友。

夏夢忍不住激動起來。

有了「識人儀」，就可以分辨出誰是好人、誰是壞人嗎？這正是夏夢最想要的東西！明天是新學期開始的第一天，只要在新同學中找到好人，再和他成為好朋友就沒問題了。

夏夢開始期待新學期的到來。

那天晚上，爸爸下班回到家時，夏夢立刻撲了上去，告訴爸爸自己去了「錢天堂」。

爸爸很認真的聽完她說的話。

「夏夢，太厲害了，沒想到你真的能……不，這不重要，你可以把『識人儀』拿給我看一下嗎？」

「可以啊，你看，就是這個！」

「喔，這根指針指向十和一，就可以知道眼前的人對自己來說是好人還是壞人嗎？真是讓人難以相信。」

「是真的，我剛才用它對準媽媽，結果就出現了十！這個『識人儀』真的有用！」

「是啊，當然真的有用。有沒有說明書之類的東西？」

「上面有一個標籤。」

「你有留下來嗎？有的話，拿給爸爸看一下。」

爸爸仔細檢查了「識人儀」標籤的正面和反面，才終於放鬆心情說：

「看來並沒有什麼副作用。」

「爸爸，玩具怎麼可能會有什麼副作用？」

「不，根據資料顯示，『錢天堂』賣的商品都需要格外小心，雖然這些東西會帶來好處，但是一旦使用方法不正確，就可能會惹禍上身。這個『識人儀』應該沒什麼問題，總之你先用看看，如果有什麼狀況，記得要告訴爸爸。」

「好。」

隔天，夏夢興高采烈的走去學校，她的手上當然也戴著「識人儀」。她已經想好了，如果有人問：「這是什麼？」她就回答：「這是我的護身符。」只要說是護身符，老師應該也不會沒收。

到了學校，她來到三年級的教室前，發現每個教室的門上都貼了一張紙，上面寫了班上同學的姓名。

夏夢除了找自己的名字以外，還找了好朋友的名字。

找到了！夏夢被分在三班，小惠和小友都分在二班，只有自己和她們不同班。

但是，夏夢很快就振作起來。

「沒問題，反正我有『識人儀』，一定很快就可以交到對我很好的朋友。」

她做了個深呼吸，走進三班的教室，坐在寫了自己名字的座位上，然後看向教室門口。

同班的同學紛紛走進教室。夏夢雖然知道他們的名字，也認得他們的臉，但是她幾乎沒有和他們說過話。她有點不安，悄悄的把「識人儀」對準那些同學。

「識人儀」在鑑定大部分的同學時，指針都在十和一之間晃動。不好也不壞，是不是代表普普通通的意思？也許要找到能夠成為好朋友的同學，並不是一件容易的事。

正當她這麼想的時候，發現指針直直的指向了十。

啊？是誰、是誰？夏夢急忙抬頭看向前方，但是立刻大失所望。

一位名叫千鶴的女生剛好走進教室。夏夢以前從來沒有和她說過話，她的衣著很樸素，而且感覺很陰沉，很少看到她露出笑容，也搞不懂她在想什麼。

夏夢向來不太喜歡這種類型的女生，難道是「識人儀」失靈了嗎？夏夢這麼想著，再次把「識人儀」對準千鶴，但是無論她試了多少次都一樣，指針直直的指向十。

夏夢只好走到千鶴面前，向她打招呼。

「早安，我叫夏夢，你叫千鶴對不對？」

「啊，嗯。」

千鶴只是瞥了夏夢一眼，立刻又低下了頭。

「我們既然在同一班，以後就當好朋友吧。千鶴，你的興趣是什麼？」

「看書吧。」

「你喜歡看書？看什麼類型的書？如果是漫畫，我也超愛看。」

千鶴小聲的說了幾本書的名字，但是夏夢都沒有聽過，而且千鶴也不主動和夏夢說話，只是回答夏夢的問題。

夏夢終於放棄了。和千鶴在一起一點都不開心，自己絕對沒辦法和她當朋友。也許「識人儀」也有失誤的時候。

夏夢又和千鶴聊了幾句，然後決定去廁所。她剛才可能是太緊張了，手心都在冒汗。

她在女廁用手帕擦手時，突然聽到一個聲音。

「哇，你的手帕真好看！」

夏夢嚇了一跳，轉頭一看，她又再次大吃一驚。對她說話的人，是一個名叫美月的女生。

美月在學校小有名氣。她長得很漂亮，還曾經上過雜誌，衣著打扮也都很時尚。

美月亮麗有型，渾身都散發出明星般的光芒，無論出現在哪裡，都是眾人目光的焦點。夏夢以前從來沒有和美月同班過，但是她當然認識美月，而且總是帶著羨慕的眼神看美月，很希望自己可以像她一樣。

沒想到，那個明星般的美月竟然主動和自己說話。

「謝謝，」夏夢高興不已，向美月道了謝，「這是媽媽買給我的，我也很喜歡。」

「嗯嗯，真的很漂亮。對了，你是不是叫夏夢？」

「你、你認識我？」

「嗯，我之前就很想和你說話。我叫美月。」

「我知道，我怎麼可能不認識你，你可是名人呢。」

「別這麼說，我只是上過幾次雜誌而已。」

美月隨手撥了撥頭髮，動作十分優雅動人。夏夢看得出神，但美月輕輕笑了笑說：

「夏夢，你很可愛。你在幾班？」

「三班。」

「我也在三班……你要不要加入我們的小圈圈？」

「真、真的嗎？」

「嗯，在以前的班級，我們四個同學都很要好，但是這次重新分班，有一個人去了一班，我覺得還是四個人一起玩比較好，所以想邀你加入我們。你願不願意和我們當朋友？」

「當、當然好！我當然願意！」

「太好了，那等一下我介紹你認識其他朋友。」

夏夢高興得有點飄飄然。

她也認識美月的朋友，她們是琴葉、小零，還有茜。

雖然她們和美月相比稍微差了一點，但是長相都很漂亮，也都很會打扮。自己能夠和這些漂亮女生當朋友，簡直就像在做夢。

夏夢就像小狗一樣，興奮的跟著美月一起回到教室。

這時，夏夢的內心響起一句呢喃：「為什麼不用『識人儀』鑑定一下呢？」

夏夢趁美月不注意時，把「識人儀」對準了她。

「啊？」夏夢大吃一驚，因為「識人儀」竟然直直的指向一。不可能，這個結果一定有問題。

夏夢用力甩了甩手，又試了一次，但是結果和剛才鑑定千鶴的

時候一樣，無論試了多少次，指針都是指向一。

而且不僅是美月，在教室內遇到美月的好朋友小零和茜時，「識人儀」的指針也都是指向一。

夏夢不由得感到生氣。

「『識人儀』果然有問題！我不要這種東西了！」

夏夢這麼想著，把「識人儀」從手腕上拿下來丟進書包裡。

那天晚上，夏夢正在看電視，爸爸下班回家了。爸爸還沒說「我回來了」，就立刻問夏夢：

「怎麼樣？『識人儀』有沒有發揮作用？」

「完全沒有，我想它應該是壞掉了。因為遇到我不喜歡的女生，指針竟然指向十，然後遇到全年級最受歡迎的幾個女生，結果竟然出現了一，一點都不準，這個東西根本有問題。」

「壞掉了？我想應該不可能……」

「這個不重要，爸爸，你聽我說！」

夏夢雙眼發亮，把今天在學校發生的事告訴爸爸。她和全年級最受歡迎的女生美月成為朋友，而且還加入了她們的小圈圈，四個人約好明天放學後要一起玩。

但是爸爸看起來心不在焉。

「喂，爸爸，你有沒有在聽我說話？」

「嗯？啊，對不起、對不起。看來你在學校的生活會很愉快，這件事最重要。對了，如果你不要那個『識人儀』，可不可以把它送給爸爸？爸爸想帶去研究所檢查一下。」

「好啊，反正我不會再用了。」

夏夢之前那麼想要「識人儀」，現在卻毫不在意的把它送給了爸爸。她滿腦子都在想著明天之後的學校生活。

「呵呵呵。」她忍不住發出了笑聲。

夏夢想得沒錯，接下來每天的生活都很開心。

她覺得和美月她們在一起時，自己好像也變漂亮了好幾倍，其他同學看自己的眼神也和以前不一樣了。

「朋友真的很重要，一定要結交出色的朋友。」

她很慶幸自己被分在三班，也很慶幸自己和美月成為了朋友。

所以當美月和其他朋友對她說：「夏夢，我覺得你很適合綁馬尾」，或是「你可以改穿短裙」時，夏夢立刻聽取了她們的建議。雖然她原本很討厭綁頭髮，而且比起裙子，她更喜歡穿短褲，但是她依然克服了這些想法。

「哇，這樣果然更適合你，太可愛了。」

夏夢漸漸享受起美月和其他朋友這麼對她說。

但是，當美月要求她拿下平時掛在書包上的鑰匙圈時，她就無法再表示同意了，因為她很喜愛這個鑰匙圈。

「這是爺爺送給我的，我答應他會好好珍惜，不想拿下來。」

「但是這個鑰匙圈真的超級醜，根本不適合你，拿下來絕對比較好。」

「對不起，這件事我真的做不到。」

「是喔。」

美月的眼神突然變得很冷漠，她沒有再多說什麼，就走回自己的座位。

夏夢著急起來，美月生氣了嗎？自己要設法和她和好才行。

這天的午休時間，夏夢像往常一樣走去美月身旁。

「美月，你午休時間有什麼打算？還有今天放學後，你要不要來我家玩？我買了最新一集你喜歡的那套漫畫。」

「我不去。」沒想到美月淡淡的拒絕，而且她的聲音聽起來非常冷漠。

夏夢頓時感到不安。美月該不會還在為鑰匙圈的事生氣吧？

夏夢想要討好美月，正打算繼續和她說話時，沒想到美月很不耐煩的揮了揮手，好像在驅趕動物一樣。

「夏夢，不好意思，你可不可以不要再和我們一起玩了？」

「呃……為什麼？」

「你不知道為什麼嗎？所以說你這個人很遲鈍。」

周圍響起竊笑聲，其他美月的好朋友在不知不覺中圍了過來，臉上都露出不懷好意的表情。她們前一天還對夏夢笑臉相迎，簡直難以相信她們翻臉比翻書還快。

撲通撲通，夏夢心跳加速。她完全搞不懂為什麼自己會遇到這種事。

夏夢愣在原地，美月和其他人不理會她，自顧自的聊了起來。

「她真的很土。」

「對啊，當初美月邀她加入我們的時候，我就覺得很不妙。」

「對不起，因為當初覺得她像小狗一樣，所以好像還不錯。」

「不行啦，她的品味太差了，應該要找更懂得打扮的人，否則根本配不上我們。」

「就是啊。」

美月她們說的話直接刺進了夏夢的心裡。她們之前還對夏夢說，要當一輩子的好朋友，沒想到才短短幾天就翻臉不認人，這麼開心的聊著傷害夏夢的話。

夏夢在感到生氣的同時，更感到悲傷，淚水在眼眶裡打轉。

美月和另外幾個人看到夏夢快哭出來的表情，更加不屑的笑了起來。

「哇，她快哭了，真的有人會為這種事流眼淚嗎？超煩人！」

「你要站在這裡多久？擋住我們了。」

「我們以後不會再主動找你說話，你也不要再來找我們。我說完了，你可以走了。」

不行，眼淚快流下來了。

夏夢終於忍不住了，她正準備蹲下來時，聽到了一個聲音。

「無聊透頂。」

教室內響起一個平靜的聲音。

夏夢忍不住轉頭看了過去，發現是千鶴正在看她們。

平時午休的時候，千鶴總是獨自看書，但此刻她放下了書本，直視著美月和另外幾個女生。她臉上的表情很成熟，甚至帶著一絲威嚴。

美月和另外幾個女生滿臉尷尬，千鶴則冷靜的繼續說：

「你們吵死了，都已經三年級了還這麼幼稚，太丟臉，而且也煩死人了。」

「什、什麼嘛！這和你沒有關係！」

「當然有關係，你們這些幼稚又聒噪的人很煩，讓我沒辦法專心看書。而且你們似乎以為自己與眾不同，但是你們到底哪裡特別？可不可以用我聽得懂的方式解釋一下？」

千鶴的話點醒了班上所有的人，包括夏夢。

美月她們到底哪裡特別？雖然都很漂亮，但也就只是這樣而已。她們平時整天都在聊一些演藝圈的八卦和穿著打扮，不然就是說別人的壞話。

新學期。

魔法好像突然消失了，夏夢頓時覺得「太無聊了」，而且似乎並不只有夏夢這麼想，其他同學也都有一種如夢初醒的感覺。

美月似乎察覺了周圍的氣氛，突然哭了起來。

「好、好過分！你怎麼可以說這麼傷、傷人的話！美月根本沒有錯，美月要去告訴媽媽！」

夏夢聽到美月的假哭，更加感到受不了。已經是三年級的學生，竟然還說什麼「我要去告訴媽媽！」這種話。

原來美月是個繡花枕頭，和她在一起的那幾個女生也都是草包。

夏夢明白這件事之後，覺得自己理會這些人實在是太傻了，內心的懊惱和難過就這樣消失殆盡。

夏夢不理會大吵大鬧的美月和她的朋友，走向千鶴說：

「謝謝你，謝謝你幫了我。」

「不客氣，我只是實話實說。」

千鶴繼續低頭看書，但她的臉漲得通紅，似乎很害羞。

千鶴看起來很冷漠，但也許只是因為害羞。

夏夢意識到這件事之後，又對千鶴說：

「其實……我很少看書，你下次可不可以介紹我幾本好看的書？

最好是我也看得懂的書，我可以把家裡的漫畫借你看，有很多超有趣的漫畫。」

「我從來沒有看過漫畫。」

「真的嗎？那我有超多漫畫可以借給你，你一定會愛不釋手。你今天要不要來我家玩？」

「嗯。」

千鶴點了點頭，輕輕笑了起來。

夏夢看到她的笑容，忍不住覺得自己應該可以和她當朋友，而且她現在才知道，原來「識人儀」並沒有壞掉。

「今天爸爸下班回家後，我要告訴他。」

「嗯？什麼？」

「不，沒什麼，我在自言自語。那我們要約在哪裡見面？」

夏夢和千鶴開始聊放學後的安排。

關瀨夏夢，八歲的女孩。昭和五十年的十元硬幣。

番外篇　實驗最終階段

六條教授正在六條研究所內看報告。

「原來如此，看來蒐集到不少樣本，每一件商品都很有意思。『錢天堂』的商品太豐富了，從小小的心願到狂妄的野心，似乎是想為所有人實現願望。哼，她簡直把自己當成上帝了。」

教授冷笑之後，看著聚集在他周圍的研究員說：

「我知道你們都很努力，因為你們的努力，實驗可以進入最終階

六條研

段了。對了，關瀨，你上次說你帶來研究所的『識人儀』可能壞掉了？」

「啊，沒有，並沒有發生故障。女兒告訴我，『識人儀』告訴她的結論完全正確。」

「這樣啊，那『識人儀』的分析就交給你了。為了我們更美好的未來，為了我們幸福的未來，大家繼續加油！」

「是！」

研究員再度低頭進行忙碌的工作。

推薦文

悅讀連環故事箱《神奇柑仔店》的不同方法

◎文／游珮芸（國立臺東大學兒童文學研究所副教授）

當你手上捧著《神奇柑仔店》第十三或第十四集，顯然你已經是錢天堂的老顧客了。但是你仍然忍不住，一再造訪這家神出鬼沒的柑仔店；翻開印著白髮童顏、氣場逼人的老闆娘紅子的書封，你等不及窺探書頁的字裡行間所收納的故事。

今天上門的是什麼樣的「幸運」客人呀？他的煩惱是什麼？他會選擇什麼樣的零食或小玩具呢？錢天堂的零食，會給他帶來如何奇妙的體驗？在高潮迭起的經歷之後，他得到的是「幸運」？還是「不幸」？或者是幸運中帶有一點遺憾呢？這樣的期待與想像，會讓你心跳加快嗎？然而，只要你翻開書頁，就很容易滑入錢天堂的世界裡，因為生動的文字敘述、緊湊精采的情節不僅能回應你的疑問，還會把你帶到意想不到的地方。

閱讀《神奇柑仔店》就像是在解鎖一個精密的連環故事箱。當你轉開大鎖，掀開故事箱的蓋子，你發現裡頭還有一個個小盒子，每個盒子裡都有一個獨立完整的故事。你打開任何一個盒子，裡頭都裝著令人垂涎的魔法零食，還有一個「人性」大考驗。沒錯，你會發現故事裡出現的「客人」的煩惱，可能也是你曾經有過的煩惱，而他們所犯的錯——「貪心」、「虛榮」、「報復」、「逞強」、「嫉妒」、「逃避」等等，也是你偶爾會冒出的「壞」心念，或者你也跟他們一樣很性急，常常不讀完「說明書」，就開始動用你剛買的新產品。

在錢天堂的系列裡，你可以獨自打開一個個小盒子，細細品嚐魔法零食的滋味，跟在幸運客人的身後，觀看它們的功能，你也可以審視各種人間百態，特別是人心的變化和人性的弱點。一則故事，就是一個社會檔案。老闆娘紅子說：「我想看各種不同人的生活方式。」所以，她才經營了錢天堂這家店。而你也透過錢天堂的故事，蒐集了來店的男女老少，所為你編織的人性試煉故事。

更奇妙的是，當你把連環故事箱裡的小盒子，一個個照順序排好，從每個小盒子裡，找到一些蛛絲馬跡，就可以串接成一個龐大的故事世界。因此，你可以選擇把《神奇柑仔店》當作短篇的合輯，輕輕鬆鬆的來讀；也可以把它當成一個曲折鬥智、懸疑刺激、有偵探風味的長篇小說來讀。而錢天堂系列第一季的故事，在第十一集紅子的死對頭、倒霉堂的澱澱遠走之後結束。第十二集開始，新的一波推理劇已經展開，這次的反方頭目，是西裝筆挺的科學家——六條教授。第十三、第十四集，釋出更多六條研究室的偵查、研究行動。科學實驗如何對峙魔法呢？就等待你來蒐集線索，把故事大架構搭建起來嘍。

神奇柑仔店13
合身花生與神祕實驗

作　　者｜廣嶋玲子
插　　圖｜jyajya
譯　　者｜王蘊潔

責任編輯｜江乃欣
特約編輯｜葉依慈
封面設計｜蕭雅慧
電腦排版｜中原造像股份有限公司
行銷企劃｜葉怡伶、林思妤

天下雜誌群創辦人｜殷允芃
董事長兼執行長｜何琦瑜
媒體暨產品事業群
總 經 理｜游玉雪
副總經理｜林彥傑
總 編 輯｜林欣靜
行銷總監｜林育菁
主　　編｜李幼婷
版權主任｜何晨瑋、黃微真

出 版 者｜親子天下股份有限公司
地　　址｜臺北市104建國北路一段96號4樓
電　　話｜(02)2509-2800　傳真｜(02)2509-2462
網　　址｜www.parenting.com.tw
讀者服務專線｜(02)2662-0332　週一～週五：09:00~17:30
讀者服務傳真｜(02)2662-6048
客服信箱｜parenting@cw.com.tw
法律顧問｜臺英國際商務法律事務所・羅明通律師
製版印刷｜中原造像股份有限公司
總 經 銷｜大和圖書有限公司　電話：(02)8990-2588

出版日期｜2023年1月第一版第一次印行
　　　　　2023年9月第一版第十次印行
定　　價｜330元
書　　號｜BKKCJ093P
ISBN｜978-626-305-352-6(平裝)

訂購服務
親子天下 Shopping｜shopping.parenting.com.tw
海外・大量訂購｜parenting@cw.com.tw
書香花園｜臺北市建國北路二段6巷11號　電話(02)2506-1635
劃撥帳號｜50331356　親子天下股份有限公司

國家圖書館出版品預行編目資料

神奇柑仔店13：合身花生與神祕實驗／廣嶋玲子 文；jyajya 圖；王蘊潔 譯. -- 第一版. -- 臺北市：親子天下股份有限公司, 2023.01
248面；17X21公分. --(樂讀456系列；93)
注音版
ISBN 978-626-305-352-6(平裝)

861.596　　111016581